KB043007

변변찮은 마술강사와 5
─메모리 레코드─
추상일지

Memory records of bastard magic instructor

"조오오오왔어! 파티다! 그리고 뷔페다아아아아아아아!"

"저기요, 선생님! 벌써 까먹으신 거예요?! 이건 제국 전토의 저명한 마술사들이 모이는 친목 파티란 말이에요! 그러니 제국 마술학원의 강사로서 너무 꼴사나운 모습을 보이시면 안 된다구요!"

"시꺼! 난 이런 기회에 영양을 비축해두지 않으면 언제 굶어죽을지 모른다고! 앗, 거기 너! 그 접시 위의 고기는 내 꺼야!"

"그러니까 그런 꼴사나운 짓 좀 그만…… 앗, 리엘?! 얘가 정말! 혼자 딸기 타르트를 독점해버리면 어떡해!"

"……응?(우물우물우물)"

"참 나…… 언제 어디서나 시끄러운 녀석들이군."

"아, 알베르트 씨…… 오늘은 경비를 맡아주셔서 감사합니다."

여느 때와 다름없이 시끌벅적한 글렌과 시스티나와 리엘을 알베르트가 어이없는 눈으로, 그리고 루미아가 쓴웃음을 지은 채 지켜보고 있었다.

"그건 그렇고 너희들에게는 개인적으로 감사하고 있다."

"예? 감사……요?"

"그래. 글렌뿐만 아니라 리엘도 군에 있을 때는 볼 수 없었던 표정을 보여주고 있어. 이건 분명 긍정적인 변화겠지. 전부 너희 덕분이다."

"아니에요. 저희들은 그저……."
루미아가 쑥스럽게 웃자 알베르트는 한숨을
한 번 내쉰 뒤 이렇게 말했다.
"이제 남은 건…… 이브겠군."
"……이브 씨요?"
"그래. 그 녀석도 이런 파티에 참석할 수 있을
정도로 어깨 힘을 빼고 편하게 살 수 있으면
좋으련만……."
"저기…… 그게 무슨 말씀이신가요? 이브 씨는
오늘 다른 일정이 있어서 못 오신다고 들었
는데……."
"……과연 그럴까?"
알베르트는 의아한 얼굴로 고개를 갸웃거리는
루미아에게 의미심장한 말투로 대답했다.

"○○○○○○○○○○○○○! 왜 다들 파티를 즐기는 동안 나만 이렇게 뼈 빠지게 일을 해야 하는 건데~!"

마술학원의 교수와 강사 전원이 마술학회 친목 파티에 참석해서 아무도 없는 교무실 안에 쓸쓸하게 혼자 남겨진 이브는, 분주히 서류 업무를 처리하는 중이었다.

"이, 이럴 생각이 아니었는데……!"

그녀의 빠르면서도 완벽한 업무 능력은 교내에서도 정평이 나 있었다.

그래서 항상 일을 도와달라는 동료들의 요청이 끊이질 않았다.

쌀쌀맞아 보이는 외모나 퉁명스러운 말투와는 반대로 근본적으로는 남을 돌봐주길 좋아하는 호인인 이브는, 결국 거절하지 못하고 계속 받아들인 탓에…… 오늘도 서류 지옥을 벗어나지 못하고 있었다.

"그, 그래도 다들 파티 전이라고 날 배려해줬었는데…… 나란 애는 「흥! 그딴 시시한 파티 따윈 관심 없거든?」이라고 허세나 부리다니! 난 바보야! 바보!"

자신의 서투른 대인 스킬 때문에 눈앞이 깜깜해질 정도였다.

"……이제 와서 어쩌겠어. 일단 받아들인 이상 책임지고 할 수밖에…… 후우…….."

그렇게 투덜거린 이브는 공복을 견디지 못하고 군용 휴대식량을 꺼내 한 입 깨물었다.

"……맛없어. 하아…… 지금쯤 다들 맛있는 걸 먹고 있겠지…….."

왠지 모르게 눈물이 날 것 같았던 순간—.

"야, 이브. 아직 있냐?"

갑자기 글렌이 문틈으로 얼굴을 내밀었고 이브는 황급히 입에 물었던 휴대식량을 숨길 수밖에 없었다.

"무, 무슨 용건이라도 있어?"

"아니, 네가 지금 어쩌고 있나 보러 온 거야. 그 바보 녀석들이 괜히 일만 떠넘기는 바람에 고생하는 것 같길래."

"문제없어. 당신이랑 달리 난 유능하니까."

"넌 혹시 내 말에 일일이 트집을 안 잡으면 죽는 병이라도 걸린 거냐? ……아무튼 배는 안 고파?"

"별로? 애초에 일하는 중에 뭘 먹으면 집중력이 떨어지니까 일이 끝날 때까진 굶을 생각이었어."

"그, 그러냐……."

이브의 대답을 들은 글렌은 미안한 표정을 지었다.

"실은 너 주려고 파티장에서 음식을 좀 챙겨왔는데 괜한 참견이었나 보네……."

"……뭐?"

"그럼 난 이만 갈게. 이브, 일 열심히 해."

"앗……! 자…… 잠깐……!"

진심을 밝히기도 전에 글렌은 교무실을 나가버리고 말았다.

"나, 난 진짜 바보야아아아아아아아아아!"

그러자 남겨진 이브는 머리를 감싸 쥔 채 하늘을 향해 절규할 수밖에 없었다.

"새해 복 많이 받아 시스티! 리엘!"

"응! 너도!"

"응. 새해 복? 많이 받아. 난 뭔지 잘 모르겠지만."

이브의 달 1일.

제1사도 성인의 이름을 딴 새로운 해를 시작하는 이 날은 각지의 교회에서 작은 행사가 열린다.

"그건 그렇고 이 『하레기(晴着)』…… 동방에서 새해를 기념할 때 입는 예복이라는 말을 듣고 한 번 입어본 건데…… 생각보다 엄청 괜찮지 않니?!"

붉은색 바탕의 기모노를 입은 시스티나가 약간 흥분한 말투로 말했다.

"응. 그러게. 예쁘고 귀여워서…… 둘 다 굉장히 잘 어울려."

그러자 연두색 바탕의 기모노를 입은 루미아가 약간 쑥스러운 표정으로 대답했다.

"……응. 하지만 움직이기 무지 불편해. ……싸울 땐 좀 불리하겠어."

그리고 군청색 바탕의 기모노를 입은 리엘은 약간 불만스러운 목소리로 중얼거렸다.

"자자, 리엘. 오늘 같은 경사스러운 날엔 그런 이야기는 하지 말고."

시스티나는 그런 루미아와 리엘을 다시 돌아보고 말했다.

"아무튼 너희랑 이렇게 새해를 맞이할 수 있어서 난 정말 기뻐! 올해도 잘 부탁해!"

"응. 나도 잘 부탁할게."

"응. 잘 부탁해."

그렇게 세 아가씨들은 서로 환한 미소를 주고받았다.

Memory records of bastard magic
instructor

CONTENTS

변변찮은 마술강사와 추상일지
—메모리 레코드—

Memory records of bastard magic instructor

5

히츠지 타로 지음

미시마 쿠로네 일러스트

최승원 옮김

진짜 변변찮은 부하들뿐이었지…….

제국 궁정 마도사단 특무분실 전 실장 이브 이그나이트

Memory records
of
bastard
magic
instructor

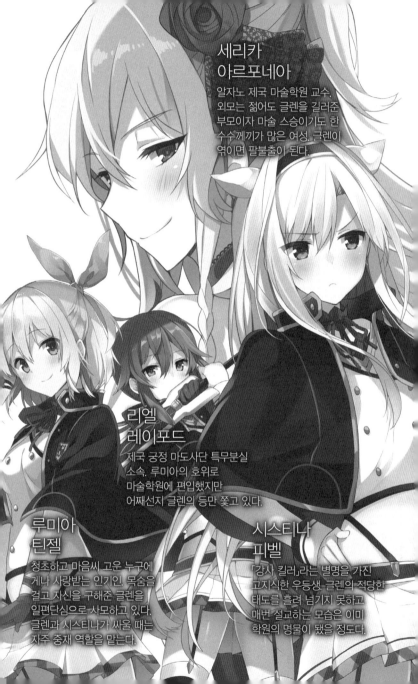

세리카
아르포네아

알자노 제국 마술학원 교수.
외모는 젊어도 글렌을 길러준
부모이자 마술 스승이기도 한
수수께끼가 많은 여성. 글렌이
엮이면 팔불출이 된다.

리엘
레이포드

제국 궁정 마도사단 특무분실
소속. 루미아의 호위로
마술학원에 편입했지만
어째선지 글렌의 등만 쫓고 있다.

루미아
틴젤

청초하고 마음씨 고운 누구에
게나 사랑받는 인기인. 목숨을
걸고 자신을 구해준 글렌을
일편단심으로 사모하고 있다.
글렌과 시스티나가 싸울 때는
자주 중재 역할을 맡는다.

시스티나
피벨

「강사 킬러」라는 별명을 가진
고지식한 우등생. 글렌의 적당한
태도를 흘려 넘기지 못하고
매번 설교하는 모습은 이미
학원의 명물이 됐을 정도다.

Character

**알베르트
프레이저**

제국 궁정 마도사단 특무분실
소속. 글렌의 전 동료. 제국에서
손꼽히는 저격수이자, 전투에서
첩보에 이르기까지 수많은
임무를 완수해온 초일류 마도사.

**글렌
레이더스**

주인공. 알자노 제국 마술학원의
마술을 싫어하는 마술 강사.
만사에 무책임하고 의욕 제로.
마술사로서도 삼류라서 장점은
전혀 없는 셈. 그런 그의 진정한
모습은―?

발발, 사랑의 천사 전쟁

The outbreak of Love Angel War

Memory records of bastard magic instructor

점심시간, 알자노 제국 마술학원의 뒷마당.

"루미아…… 난 항상 널 지켜보고 있었어. 이렇게 멋진 나랑 사귀어보는 건 어때?"

"미안. 사양할게."

자신만만한 고백을 단칼에 거절당하자 남학생은 그 자리에서 조각상처럼 굳어버리고 말았다.

루미아는 미안한 얼굴로 가슴 앞에서 양손을 맞잡고 고개를 꾸벅 숙이더니 그대로 떠나려 했다.

"자, 잠깐만! 잘생기고 부자인 데다 귀족이기까지 한 내 뭐가 불만……."

남학생은 꼴사납게도 그런 루미아의 어깨를 붙들고 멈춰 세우려 했다.

"……정말 미안. 리트 군이 멋진 남자라는 건 알지만…… 난 널 그런 대상으로 볼 수가 없어. ……그러니 미안해."

"커헉?!"

하지만 곧바로 폐부를 깊숙이 찌르는 치명적인 일격에 눈이 까뒤집혀진 남학생은 피를 토하고 몸을 뒤로 크게 젖힌 후―.

"으아아아아아아아아아앙! 차였어! 안녕, 내 사랑!"

울부짖으면서 쏜살같이 달아났다.

"……후우."

루미아는 여전히 미안한 얼굴로 그 뒷모습을 지켜볼 수밖에 없었다.

　"나 참…… 오늘 일과 마치느라 수고했어, 루미아."

　"……응. 피를 보지 않아서 다행이야."

　이윽고 건물 뒤편에서 대낮의 고백극을 엿보고 있던 시스티나와 리엘이 모습을 드러냈다.

　"그건 그렇고 진짜 인기 많네."

　"응. 루미아는 도전장을 엄청 자주 받아."

　시스티나는 한숨을 내쉬며 어깨를 으쓱였고 리엘은 아직도 뭔가 착각[1]을 하는 건지 혼자 납득하며 고개를 끄덕였다.

　"아, 아하하…… 그런가?"

　"뭐, 남자애들의 마음도 이해는 가. 넌 미인일 뿐만 아니라 스타일도 좋고, 착하고, 배려심도 많으니까…… 나도 남자였으면 절대로 가만히 두지 않았을걸?"

　"응? 그랬어? 음…… 루미아랑 시스티나가 싸운다니…… 나, 왠지 싫어. 둘은 사이좋게 지냈으면…… 좋겠는데."

　늘 졸린 듯한 무표정의 리엘이 약간 어두운 안색으로 고개를 떨구었다.

　"후훗…… 걱정하지 마, 리엘. 그런 뜻이 아니니까."

　루미아는 그런 리엘의 머리를 부드럽게 쓰다듬어 주었다.

　"아, 그리고 루미아. 이런 타이밍에 미안하지만…… 아까

#1 착각 추상일지 2권 참조.

여기 오는 도중에 너한테 건네 달라고 받은 게 있는데……."

시스티나가 품속을 뒤적이더니 세 통의 편지를 꺼냈다. 보내는 사람으로 적힌 건 전부 남자 이름이었다.

"설명할 필요도 없겠지만, 너한테 보내는 러브레터야. 이번 달에만 벌써 몇 통이더라?"

"음…… 또 답장 써야겠네."

쓴웃음을 짓고 받은 루미아는 편지들을 소중히 품속에 챙겼다.

시스티나가 알기로 루미아는 이런 편지들을 읽지도 않고 버리는 법이 없었다.

그리고 아무리 바빠도 상대를 가리지 않고 정독한 후 거절하는 의미가 담긴 답장을 써주었다.

편지에는 편지로. 직접 불러내서 말로 할 때는 말로…….

남자들의 고백에 늘 성실하고 진지하게 대응해 주었다.

하지만 일종의 유명세라 해야 할까. 늘 미안한 얼굴로 교제를 거절하는 본인도 나름대로 스트레스를 받고 있다는 사실을 시스티나는 알고 있었다.

"……루미아, 괜찮지?"

"응?"

그래서 배려했지만 루미아는 고개를 살짝 갸웃거렸다.

"계속 거절하는 것도 정신적으로 지치잖아? 난 일일이 대응하지 않고 무시하는 것도 방법이라고 봐."

"시스티……."

"애초에 편지로 고백하거나, 저런 불성실한 고백을 하는 애들은…… 절대로 진심이 아니라고 생각해. 그러니 이런 식으로 일일이 상대할 필요는……."

이건 틀림없이 그녀를 걱정해서 한 말이었다.

"……시스티, 그런 식으로 말하면 못써."

하지만 루미아는 부드럽게 미소 짓더니 검지를 세워 시스티나의 입을 막았다.

"조금 전의 남학생…… 리트 군은 진심이었어. 눈을 보면 알 수 있는걸. ……그는 진심으로 이런 날 좋아해줬던 걸 거야."

"……뭐?"

"시스티가 지적한 태도 문제는…… 아마 리트 군도 나름 긴장해서가 아닐까? 그러니 시스티. 그런 식으로 말하는 건 못써."

시스티나가 입을 떡 벌리고 당황했지만 루미아는 하늘을 올려다보며 조금씩 뒷말을 이었다.

"저기, 시스티. 다른 사람에게 자신의 마음을 전하는 건…… 무척 용기가 필요한 일이라고 생각해. 만약 내가 그들 입장이었다면 거절당하는 게 두려워서…… 지금의 관계가 무너지는 게 두려워서…… 분명 편지조차 쓸 수 없었을 거야."

"……."

"그래서 난 리트 군이나 이 편지를 쓴 사람들이 진심으로 대단하다고 생각해. ……난 그런 그들의 용기와 각오를…… 도저히 무시할 수 없어."

"……."

"난 그들의 호의를 받아들여줄 수 없지만…… 나도 괴롭지만…… 그럼 하다못해 똑바로 마주보고 진지하게 대답해 줘야 한다고 생각해."

그렇게 말한 루미아는 시스티나를 향해 살포시 웃어주었다.

"그러니 난 괜찮아. ……걱정 끼쳐서 미안해, 시스티."

그 눈부신 미소를 본 순간, 시스티나는 마치 머리를 세게 얻어맞은 듯한 충격을 받았다.

"……여, 여자로서의 격이 달라도 너무 달라."

시스티나는 루미아가 인기 있는 이유를 다시 한 번 뼈저리게 깨달았다.

"격이라니…… 얘, 얘도 참."

"난 잘 모르겠지만…… 루미아 말이 맞는 거 같아. ……응. 결투장을 받았으면 전력으로 상대해주는 게 예의야."

리엘도 혼자 납득하며 고개를 연신 주억거렸다.

"그래서? 그건 그렇다 치고…… 결국 넌 누굴 좋아하는 건데? 여, 역시…… 그, 글렌 선생님이라든가?"

"어? 그……그건…… 그게…… 저기……."

"루미아도 글렌을 좋아해? 응. 그럼 나랑 똑같네. 만약 글렌이랑 맞찌르게 될 때는…… 내가 루미아한테 검을 만들어

줄게. 잘 드는 걸로.”

소녀들은 그런 식으로 도란도란 이야기꽃을 피우며 교실로 돌아갔다.

그리고 잠시 후.

“아, 젠장. ……대체 왜 내가 이런 꼴을 당해야 하는 거지?”

“서, 선생님…… 마음 굳게 먹으세요. 저희도 같이 가 드릴 테니까요.”

어깨를 늘어트린 채 힘없이 복도를 걷는 글렌의 옆으로 루미아가 다가왔고 그 뒤에선 시스티나와 리엘도 따라오고 있었다.

“설마…… 그 오웰 슈더 교수님이 또 신작 발명품을 테스트할 줄은…….”

시스티나 역시 내키지 않는 얼굴로 어깨를 늘어트리고 있었다.

오웰 슈더.

알자노 제국 마술학원에 적을 둔 마도공학 교수이자 스물여덟 살이라는 젊은 나이로 제5계제에 도달한 천재 마술사.

하지만 실상은 그 초월적인 재능을 늘 엉뚱한 방향으로 낭비할 뿐만 아니라 결과적으로는 질풍노도 아비규환의 대소동을 일으켜서 주위를 말려들게 하는 내추럴 본 변태 마스터였기에 사람들은 그를 가리켜 『천재(天災) 교수』라 부르고 있었다.

　그리고 오웰은 가끔 학교에 마술 실험이나 마술 발명품의 테스트에 필요한 인원을 요청할 때가 있는데 그때 『조수』로 선정된 인물은 대놓고 『산제물』이라 불리기까지 했다.

　"빌어먹을…… 그 자식들 날 무슨 오웰 전속 담당 같은 걸로 착각하고 있는 거 아냐?!"

　이번에도 그런 오웰의 요청 때문에 열린 긴급회의에서 만장일치로 『산제물』이 된 글렌은 그저 원망스러운 얼굴로 한탄할 수밖에 없었다.

　"아, 아하하…… 어쩔 수 없는 일일지도요. ……슈더 교수님께선 어째선지 선생님을 무척 마음에 들어하시는걸요."

　"교수님 말씀으로는 선생님은 「내 인생 최대의 호적수이자 마음의 벗」이라잖아요?"

　"이렇게 전력을 다해서 사양하고 싶은 기분이 든 건 내 인생에서 처음이군……."

　시스티나의 말에 글렌은 무거운 한숨을 내쉬었다.

　"흠하하하하하하! 잘 왔다! 내 인생 최대의 호적수이자 마음의 벗 글렌 선생! 그리고 그의 제자인 소녀들이여! 그대들의 방문을 진심으로 환영하노라!"

　글렌 일행이 연구실에 얼굴을 내밀자 한 남자가 환희에 물든 표정으로 맞이했다.

어깨까지 내려오는 산적처럼 삐죽삐죽한 단발머리에 오른쪽 눈에는 안대를 찬 그는, 충분히 미남이라 불릴 만한 용모를 하고 있었으나 이상하게 이글거리는 왼쪽 눈과 입가에 드리워진 사악한 미소에서는 왠지 모를 광기가 느껴졌다.

이 남자가 바로 오웰 슈더.

알자노 제국 마술학원이 세계에 자랑하는 천재(天災)(오타 아님) 마도공학 교수였다.

"참 나…… 너, 이번에는 대체 뭘 만든 거야?"

"훗…… 그렇게까지 내 새로운 발명품이 보고 싶었던 거냐…… 기쁘구나! 내 마음의 벗이여!"

"누가 마음의 벗이라는 거야, 짜샤. 됐으니까 뭘 만든 건지 냉큼 실토하라고. 어엉?"

물론 글렌이 물어본 것은 그 발명품에 관심이 있어서가 아니라 한시라도 빨리 피해대책을 세우기 위해서였다.

'이 녀석은 바보인 주제에 발명품 연구 개발만큼은 세리카도 인정하는 진짜 천재니까 말이지…….'

글렌은 절로 한숨이 나왔다.

'거기다 이 녀석은 마도공학 교수라는 직함도 왠지 멋있게 들리니까 쓰고 있는 것뿐이지 실제로는 온갖 마술 분야를 섭렵한 올라운더 타입의 연구자…… 변태에게 재능과 기술을 줘선 안 된다는 옛말의 산증인이야.'

하지만 오웰은 글렌이 속으로 이런 생각을 한다는 걸 전혀 모르고 당당하게 서론을 꺼냈다.

"훗! 제군들이 조바심을 내는 마음은 이해한다만…… 뭐, 일단 진정하도록! 우선 내가 이 발명을 시작하게 된 이유부터 설명해주마!"

"……아, 또 시작됐군."

"슈더 교수님은 여전하시네요."

"아하하……."

글렌과 시스티나가 게슴츠레한 눈으로 한숨을 내쉬고 루미아가 쓴웃음을 짓는 한편, 리엘은 신기한 눈으로 잡다한 물건들이 쌓인 오웰의 연구실을 두리번거렸다.

"자, 제군! 현재 세계 최첨단 마도기술뿐만 아니라 정치, 경제, 군사와 같은 온갖 분야에서 정점에 올라 그야말로 나는 새도 떨어트릴 정도의 위세를 자랑하는 우리 마도대국 알자노 제국이…… 실은 최근 들어서 그 성장세가 위축되고 있다는 사실을 제군들은 눈치채고 있나?"

"예?"

시스티나와 루미아는 눈을 깜빡거리며 의아한 표정으로 서로를 마주보았다.

"……그건 웃어넘길 수 없는 소리로군. 혹시 무슨 근거라도 있는 거야?"

"오오, 글렌 선생…… 내 인생 최대의 호적수여……. 설마 자네까지 이런 간단한 사실을 예상하지 못했다니…… 참으로 유감이로군. 아니, 허나! 자네는 젊은이들의 교육에 목숨과 영혼을 건 진정한 성직자! 그런 까닭에 미처 못 보고 넘긴 것이 당연할지도……."

"에잇! 시끄러! 닥쳐! 이쪽은 그렇지 않아도 귀한 시간을 쪼개서 와준 거니까 냉큼 본론으로 들어가라고!"

그러자 오웰은 갑자기 무지막지하게 큰 종이 위에 정리한 자료를 꺼내더니 벽에 쾅! 소리를 내며 붙였다.

"홋, 이건 현재 제국 내에 거주 중인 10대에서 30대 사이에 해당하는 젊은 층의 취업률, 평균 결혼 연령, 출산율, 연봉, 초과 근무 시간, 그 외 기타 등등! 앞으로 이 제국의 미래를 짊어질 젊은이들에 관한 데이터들을 정리한 자료다! ……화장실에서 잠깐 시간 때우기로 말이지!"

"야…… 아니, 잠깐 기다려 봐. 이 자료, 제국 정책 입안 연구회에서 발표한 것보다 정밀도가 높은 거 아냐?"

자료를 슬쩍 훑어본 글렌은 한순간 눈앞이 아찔해졌다.

대충 보기만 해도 알 수 있었다. 오웰이 작성한 자료는 대체 뭘 이렇게까지 세세하게 정리한 거냐는 탄식이 나올 정도로 변태스러운 정밀도를 자랑했기 때문이다.

만약 이것이 일개 개인이 화장실에서 시간 때우기로 만든 자료라는 게 알려진다면 막대한 국가 예산을 들여서 이런 일을 전문적으로 담당하는 제국 정책 입안 연구소의 전직원이 내일 당장 길바닥에 나앉을지도 몰랐다.

"아무튼! 이 몸이 독자적으로 이 데이터들을 고도의 수비술(數秘術)을 응용해서 마도 연산기로 예측 해석한 결과…… 어떤 사실이 판명되더군! 제국의 미래에 드리워진 어두운 먹구름의 존재가! 자, 이걸 보도록!"

글렌 일행은 오웰이 강하게 두드린 부분을 주목했다.

"응? 요컨대…… 제국은 이제 수십 년에 걸쳐서 계속 출산율이 떨어지고 평균 수명이 늘어날 거라는 건가?"

"그리 현저한 경향을 보이는 건 아닌 것 같은데 말이죠. 하지만 이 자료에 따르면 그렇게 될 것 같네요."

"그 말대로다! 글렌 선생! 하얀 고양이 군!"

오웰은 마치 이 세상의 종말이 찾아온 것 같은 절망적인 얼굴로 머리를 감싸 쥐며 하늘을 향해 외쳤다.

"마침내! 마침내 이 제국에도 찾아온 거다! 고령화 사회가! 이대로 가면 제국의 국력은 장래에 분명히 한계에 도달하고…… 그 뒤로는 추락하는 일밖에 남지 않겠지! 다시 말해 이건 국가 존망의 위기인 셈이다!"

"흐응……."

"세계 최첨단의 문화와 문명을 자랑하는 선진국으로서 영화를 누린 알자노 제국은 과도하게 성숙해져버린 거다! 그래서 문명병(文明病)이라고도 불리는 제국 역사상 최대의 고난을 맞이하게 된 거지! 아아, 한탄스럽도다! 이건 우리가……우리가 어떻게든 해결해야만 하는 문제야!"

"참 나, 호들갑스럽긴. ……그래봤자 사회에 영향을 미치는 건 아직 수십 년 뒤의 이야기잖아."

"마, 맞아요! 교수님! 벌써부터 걱정하지 마세요! 그러니 좀 진정하시고……."

글렌과 시스티나는 반쯤 어처구니가 없는 심정으로 오웰을 달래려 했다.

"이 어리석은 녀석들 같으니라고! 난 몹시 실망했다, 글렌 선생! 하얀 고양이 군!"

하지만 돌아온 것은 오웰의 호통이었다.

"그래! 자네들의 말대로 확실히 당장은 사회에 영향이 크지 않을지도 몰라! 하지만 이대로 가면 가까운 미래에 우리가 사랑하는 조국에 확실히 중대한 악영향을 끼칠 거라고! 그렇게 되면 그 부담을 짊어지는 건 다른 그 누구도 아닌 젊은이들이다! 그걸 알고서 하는 말인가?!"

"……?!"

"그걸 알면서도 아무런 행동도 하지 않고…… 못 본 척하고 현재에 만족해버리겠다니…… 그래도 자네들은 자랑스러워할 수 있겠나?! 당당하게 가슴을 펼 수 있겠어?! 자네들의 자손들에게! 미래를 살아갈 알자노 제국의 젊은이들에게!"

오웰은 열변을 토했다.

그 내용은 그야말로 정론 중의 정론이라 반박할 여지가 없었다.

"큭, 분하지만 네 말이 옳아. ……확실히 이대로 내버려두면 곤란하겠지."

"그, 그러게요. ……저희도 미래를 위해 뭔가 할 수 있는 걸 하지 않으면……"

"오오, 이해해준 건가! 난 내 조국인 알자노 제국에, 그리고 여왕 폐하께 충성을 맹세한 일개 마술사로서 이 사태를 결코 간과할 수 없어! 그리고 무엇보다도! 앞으로 이 나라에서 살아갈 젊은이들이 웃는 얼굴로 자랑스러워 할 나라로 있어주었으면 해! 그래서 난 이번 발명을 제국과 여왕 폐하께 바칠 생각이다."

"오웰, 너……"

"교수님……"

"응. 역시 슈더 교수님은 굉장한 분이셨네요……"

글렌과 시스티나와 루미아는 큰 감명을 받은 얼굴이었다.

"Zzz……"

참고로 리엘은 선 채로 졸고 있었다.

"……아무튼 네 서론이 긴 건 늘 그렇지만…… 결국 뭘 발명한 건데?"

"그래요. 교수님께서 말씀하신 문제를 해결하는 건 어지간한 방법으로는……"

"훗…… 그 문제를 단박에 해결할 방법을 만들어냈다면 믿을 수 있겠나? 아아, 난 나 자신의 재능이 두렵구나! 크크큭……"

자신만만한 표정의 오웰이 허리를 크게 뒤로 젖히고 웃었다.

"한 번 잘 생각해보도록. 고령화 사회가 찾아오는 가장 큰 원인은 다양한 요인 때문에 젊은 층의 결혼 시기가 늦어져서 출생률이 줄어드는 것 아니겠나?"

"원인은 그것뿐만이 아니지만…… 뭐, 틀린 소리는 아니군. 그래서? 그게 어쨌다는 거지?"

"그걸 해결할 수 있는 물건이…… 바로 이거다!"

타앙!

글렌이 묻자 오웰은 바로 향수병 같은 분무기가 달린 작은 병을 테이블 위에 올려놓았다.

"이것이야말로 고령화 사회를 회피하고 젊은이들에게 눈부신 미래를 약속해줄 필살의 발명품……『인기폭발약』이다 아아아아!"

"""……"""

곧 세 사람 사이에 뭐라 형언할 수 없는 침묵이 감돌았다.

"이름만 들어도 대충 알겠다만…… 일단 말해 볼래? 그 발명품의 효과와 의도를."

"홋! 이 인기폭발약을 한 번이라도 뿌린 자는 온몸에서 초절 인기 오라가 발생해서 인기가 넘치게 되는 거다! 아무리 인기 없는 인간이라도 이성에게 LOVE의 의미로 무지막지하게 구애를 받게 될 거다! 경국지색 따윈 비교도 되지 않아! 그야말로 무슨 주문에라도 걸린 것처럼 인기가 많아

질 거라고 단언하마! 하긴, 정신지배 계통 마술을 듬뿍 응용한 위법 약물이니까 당연하지만! 흠하하하하하하하하하!"

"""······."""

"이걸 제국 전토에 무차별 살포하면 젊은이들은 제국의 찬란한 미래를 위해 충동에 몸을 맡기고 아기들을 쑴풍쑴풍······."

"너, 진짜 바보 아냐?!"

콰직!

글렌은 오웰의 뒤통수를 움켜잡고 그대로 얼굴을 벽에 찍어버렸다.

"대체 무슨 생각을 하는 거야, 이 멍청아! 윤리적인 문제도 좀 고려하라고!"

"마, 맞아요! 그런 짓을 했다간 제국 전체가 엄청난 혼란에 빠질 거라구요! 미래가 오기 전에 현재가 엉망이 되어버린다구요!"

"큭큭큭······ 설마 이 오웰 슈더가 찬란한 미래를 앞에 두고 윤리나 현재 같은 사소한 문제를 신경 쓸 거라고 생각한 거냐? 난 미래만 보장된다면 그걸로 충분해. 과정이나 방법 따윈······ 아무래도 상관없단 말이다아아아아아아!"

"뒈져!"

콰드득!

글렌의 무릎이 맹렬한 기세로 배에 꽂힌 오웰이 바닥에

자빠져서 고통에 몸부림쳤다.

"이 자식은 진짜…… 주객전도인 것도 정도가 있지……."

글렌은 그런 오웰을 쓰레기를 보는 눈으로 흘겨보고 탄식했다.

"그, 그건 그렇고…… 정말 무시무시한 발명품이네요. 인간의 연애감정을 의도적으로 조종하다니……."

시스티나는 조심스럽게 테이블 위의 약병을 훔쳐보았다.

"……이성의 마음을…… 끌어당기는 약……."

루미아도 왠지 멍한 표정으로 약병을 빤히 바라보았다.

"그 오웰 교수님이 저토록 자신만만하게 인기가 넘칠 거라고 단언할 정도니…… 효과는 그만큼 확실하겠죠."

시스티나가 그렇게 중얼거린 순간—.

"……흐응~?"

갑자기 글렌이 약병을 향해 손을 뻗었다.

"잠깐만요."

본능적으로 불길한 예감이 든 시스티나는 그 손을 붙잡았다.

"대체 뭘 하실 생각이죠?"

"뭐긴……."

그러자 글렌은 가볍게 스텝을 밟더니 이번에는 반대쪽 손을 뻗어서 약병을 잡았다.

"앗?! 잠깐만요! 대체 뭘 하실 생각이냐구요!"

"아니, 뭐…… 이런 위험한 약은 나중에 당연히 폐기처분 해야겠지만…… 그래도 일단 조수로서의 역할은 완수해야 하지 않을까 싶어서……."

글렌은 쓸데없이 진지한 표정으로 말했다.

"저 바보 자식의 발명품이 대체 얼마나 위험한지…… 역시 오윌 담당으로선 보고를 위해 효과를 제대로 확인해봐야 하지 않겠어? 크윽…… 괴롭군. 진심으로 괴로워. 나도 이런 건 하기 싫다만……."(국어책 읽기)

"잠깐……! 뭐예요, 그 표정은! 선생님, 지금 분명 이상한 생각을 하신 거죠?! 예?!"

"으응~? 난 네가 무슨 소리를 하는 건지…… 으히히힛."

그렇게 말한 글렌은 시스티나의 손을 뿌리치려 했다.

"그, 그렇겐 못 해요!"

하지만 그녀는 포기하지 않고 정면에서 글렌의 양팔을 움켜잡았다.

"저, 저기…… 선생님? 시스티? 둘 다 좀 진정……."

루미아는 그런 둘에게 다가가 말리려 했다.

"야, 이거 놔! 하얀 고양이!"

"절대로 못 놔요! 그런 이상한 약에 의지하면서까지 이성의 관심을 받고 싶다니, 부끄러운 줄 아세요!"

하지만 둘은 루미아를 무시한 채 다투기 시작했다. 도저히 수습될 분위기가 아니었다.

"조, 조금만 써볼게! 약의 효과를 아주 살짝 시험해보는 것뿐이라고! 응? 진짜 조금만!"

"안 돼 욧!"

"뭐, 어때! 애초에 이 학교의 여자들은 나한테 너무 매몰차다고! 나도 가끔은 여자들한테 인기 있고 싶단 말이다, 젠장!"

"그건 자업자득이잖아요!"

그렇게 옥신각신 다투는 사이에 글렌이 손에 든 약병의 뚜껑이 열렸다.

"앗?! 이런!"

"으휴! 대체 뭐 하시는 거예요! 얼른 그걸 저한테 넘기세요!"

"야, 이 바보! 달려들지 마!"

시스티나가 왼손을 향해 달려들자 글렌은 엉겁결에 약병을 놓치고 말았다.

"헉?!"

"앗, 차가워!"

그렇게 포물선을 그리며 날아간 약병은 루미아의 머리 위로 내용물을 전부 쏟고 말았다.

"아앗?! 괘⋯⋯괜찮아?! 루미아!"

글렌은 다급히 루미아에게 다가가 그녀의 얼굴을 살펴보았다. 물약이 눈 깜짝할 사이에 말라버려서 겉으로는 딱히 이상한 점이 없어 보였다.

"미, 미안! 장난이 좀 심했어! 어디 이상한 데는 없고?"

"저, 전 괜찮아요. 하, 하지만……."

루미아는 약간 뺨을 붉히며 몸을 움츠리더니 글렌의 얼굴을 슬쩍 훔쳐보았다.

"저기…… 약 효과를 생각하면…… 오히려 선생님 쪽에 변화가 생기지 않을까요?"

"앗?! 그, 그랬었지!"

분명 오웰도 그렇게 말했었다. 『인기폭발약』을 쓴 자는 이성에게 무지막지한 호감을 받게 된다고.

그렇다는 건 즉―.

"이, 이걸 어쩌지?! 교사가 학생에게 진심이 된다니…… 사회윤리적으로 완전히 아웃이잖아!"

"……아으."

글렌이 머리를 감싸 쥐고 외치자, 루미아는 대체 무슨 상상을 한 건지 다시 몸을 움츠리고 빨갛게 달아오른 얼굴을 아래로 떨구었다.

…….

"……어라?"

하지만 곧 글렌은 눈을 깜빡이며 다시 루미아에게 시선을 돌렸다.

"나, 딱히 아무렇지도 않은데? 까놓고 말해 멀쩡해."

"……예?"

루미아도 뜻밖이었는지 눈을 크게 깜빡인 뒤 고개를 들었다.

"……응. 평소대로야."

"……그, 그런……가요."

"설마 오웰 녀석…… 실패한 건가? 이번 발명은 실패작……?"

이 예상치 못한 결과에 글렌은 믿을 수 없는 표정을 지었다.

"……아무래도 그런가 보네요."

그제야 루미아가 가볍게 웃음을 터트렸다.

왠지 안심한 것 같으면서도 어딘지 모르게 아쉬운 듯한 표정으로…….

"참 나, 그렇게 호언장담했던 주제에 이런 결말이라니…… 사람 놀라게 하기는. 뭐, 아무튼 이번 일은 이걸로 끝……."

글렌이 어처구니가 없는 얼굴로 어깨를 으쓱인 바로 그때—.

"꺄악?!"

누군가가 양쪽에서 루미아에게 안겨들었다.

"루미아……."

"우웅……."

시스티나와 리엘이었다.

"……저, 저기…… 갑자기 왜?"

당황한 루미아가 시선을 내리자 두 소녀는 묘하게 상기된 얼굴을 하고 뜨거운 한숨을 내쉬며 몽롱한 눈으로 그녀를 올려다보고 있었다.

"……미안, 루미아. ……나, 널 원해. ……더는 참을 수가 없어."

"……응. 잘은 모르겠지만…… 왠지 루미아랑 이렇게 붙어 있고 싶은 기분이야."

"흐에?!"

시스티나가 루미아의 머리카락에 얼굴을 파묻으며 귀를 살짝 깨물었고, 리엘은 몸을 마구 비벼대기 시작했다.

루미아가 새빨개진 얼굴로 넋을 잃은 채 굳어버렸고─.

"루미아!"

"꺄악?!"

두 소녀는 그녀를 바닥에 자빠트려 버렸다.

"잠깐만, 얘들아…… 안 돼! 아앙!"

"옷…… 방해돼."

"하아……하아…… 루미아…… 넌 우리 꺼야……."

루미아를 깔아 눕힌 시스티나는 그대로 입술을 노리고 얼굴을 들이밀었고, 리엘은 루미아의 몸에 달라붙은 채 손을 꼼지락거리며 교복을 벗기려 했다.

"《육체에 휴식을·마음에 평안을·그 눈꺼풀은 잠길지어다》!"

하지만 그 순간 글렌이 백마(白魔) 【슬립 사운드】를 사용했고 시스티나와 리엘은 그대로 속절없이 깊은 잠에 빠지고 말았다.

"서, 선생님?!"

"솔직히 좀 더 감상하고 싶은 기분도 살짝 들었다만……
이 이상은 아무래도 위험해."

글렌은 창백한 안색으로 비지땀을 철철 흘렸다.

그리고 루미아가 부끄러운 표정으로 일어나 옷을 주섬주
섬 고쳐 입는 동안 오웰을 추궁했다.

"야, 너…… 이게 어떻게 된 상황인지 설명해봐."

"흠…… 원래 난 아무리 인기가 없는 인간도 아주 살짝 뿌
리면…… 어디까지나 이성에게 『상식적이고 이성적인 범주
안』에서 인기가 생기도록 효과를 조정했다만……."

오웰은 루미아의 전신을 샅샅이 훑어보았다.

"옳거니. 그런 거였나. 루미아 군은 원래 이런 약 따위 필
요 없는 슈퍼 인기인. 그런 그녀가 약을 오남용해버린 결과,
폭주해버린 초절 인기 오라가 이성과 성별의 벽까지 완전히
무너트려버린 거군!"

"뭐야 그게?!"

"지금의 그녀는 신화시대에 천사, 악마, 인간이 남녀노소
가릴 것 없이 총애를 받기 위해 격렬한 쟁탈전을 벌였다고
하는 『사랑의 천사 마리엘』의 화신이나 다름없는 존재가 된
거다! 이건 참으로 흥미로운 사안이군! 사랑이란 단순한 생
식욕구의 연장선에 있는 감정이 아니라 훨씬 더 근원적으로
본질적인 영혼의……."

"잡설은 집어치우고 냉큼 어떻게 좀 해봐! 이대로 두면 루

미아는 남들 앞에 나설 수도 없게 된다고!"

글렌은 자신만만하게 설명하는 오웰의 머리를 세차게 흔들었다.

"아니, 그보다 궁금한 게 하나 있는데! 너랑 난 왜 멀쩡한 거지?! 원래대로라면 난 지금쯤 사회윤리적으로 사망선고를 받아야 할 짓을 저질러야 하는 거 아니었어?!"

"흠, 설명해주지! 내가 멀쩡한 이유는 지극히 간단해! 혹시 이런 일도 있을까 해서 미리 전용『중화제』를 썼기 때문이다! 자기보신은 기본 중의 기본이니까 말이지! 흠하하하하하하하하하!"

"뭐, 이런 쓰레기 같은 놈이 다 있지?!"

"그리고 글렌 선생. 자네가 멀쩡한 건……."

오웰은 어째선지 말을 중간에 끊더니 루미아에게 의미심장한 시선을 보냈다.

"……?"

하지만 루미아는 영문을 몰라 고개를 살짝 갸웃거릴 뿐이었다.

"……홋. 이건 내 입으로 말해선 안 되겠군. ……뭐, 자네에게는 우연히 효과가 없었다는 걸로 해두지."

"뭐?! 그건 또 무슨 소리야!"

"아무튼 그런 사소한 문제보다 루미아 군이 쓴『인기폭발약』의 효과를 한시라도 빨리 해제하는 게 먼저가 아니겠나?"

"아, 응. 뭐, 그건 그렇지만……."

의문이 남았지만 확실히 일의 우선순위는 오웰의 말대로였다.

"난 당장『중화제』의 조합에 착수하도록 하지! 글렌 선생은……."

콰앙!

그 순간, 누군가가 오웰의 연구실 문을 날려버렸다.

그 너머에 있는 건 눈에 핏발이 선 학생들이었다.

"천사님…… 천사님을 내놔!"

"천사님은…… 우리 꺼야!"

"키힛! 키히히히힛!"

"뭐, 뭐야 저건!"

명백히 제정신이 아닌 듯한 학생들의 모습에 놀란 글렌은, 눈을 부릅뜨며 루미아를 자신의 등 뒤로 숨겼다.

그들의 눈에는 루미아밖에 보이지 않는 듯했다.

"역시 그런가. 아무래도 루미아 군에게서 흘러넘친 사상최강의 초절 인기 오라가 학교 전체에 퍼진 것 같군. 사랑에 폭주한 자들이 본능적으로 루미아 군이 있는 곳을 찾아서 온 모양이야."

오웰은 팔짱을 끼더니 납득한 얼굴로 고개를 끄덕였다.

"훗! 사랑이란 건 참 무섭군!"

"웃기지 마! 이걸 대체 나보고 어쩌라고!"

마치 좀비 같은 움직임으로 루미아에게 다가오는 남학생들 앞에서 글렌은 루미아를 보호한 채 서서히 뒷걸음질을 쳤다.

"이, 이거 만약 루미아가 붙잡힌다면 19금 전개가 펼쳐지는 거 아냐?!"

"으음…… 젊음의 충동이란 건 참 무섭군! 난 지금부터 서둘러서 『중화제』를 만들도록 하지! 글렌 선생은 루미아 군을 데리고 도망쳐! 약이 완성될 때까지 어떻게든 버텨주게!"

"""크아아아아아아앗!"""

그렇게 오웰이 선언하는 동시에 남학생들이 루미아를 노리고 달려들었다.

"으아아아아아! 대체 왜 이런 일이이이이이이이이?!"

"꺄악!"

루미아를 공주님처럼 안은 채 연구실을 뛰쳐나온 글렌은 그대로 복도를 맹렬하게 질주했다.

"우오오오오오오오오오오오오오오오오오오오오?!"

"천사니이이이이이이이임!"

"내놔아아아아! 천사님을 내놓으라고오오오오오오!"

"크아아아아아아아!"

루미아를 안은 채 질풍처럼 달리는 글렌의 뒤를 수많은 남학생과 여학생이 쫓아오고 있었다.

루미아가 근처에 있기만 해도 약의 효과에 노출돼서 망자처럼 변한 학생들이 시간이 지날수록 눈덩이처럼 불어났기 때문이다.

"서, 선생님……."

제아무리 루미아라도 이번에는 무서웠는지 글렌에게 꼭 매달렸다.

"선생님! 루미아를 나한테 넘겨요!"

"루미아는 우리 꺼라고!"

"아니에요! 루미아는 제 꺼라구요! 당신들은 빠지세요!"

"야, 너희들! 제정신이야?!"

뒤를 돌아보니 어느새 카슈, 기블, 웬디를 비롯한 같은 반 학생들의 모습도 드문드문 보였다.

"글렌 레이더스! 네 이놈! 루미아 틴젤을 걸고 이 몸과 정정당당하게 승부해!"

"하 뭐시기 선배까지?!"

……약의 효과는 정말 무시무시했다.

"에잇, 어쩌지?! 이대로는……!"

글렌이 길모퉁이를 돈 순간이었다.

"글렌 선생님! 이쪽으로 오세요!"

한 여성이 복도 너머에서 손짓하는 게 보였다.

학교 의무실의 정식 법의사(法醫師)인 세실리아였다.

"이 방에 숨으세요! 인식차단 결계를 걸어뒀으니까요!"

"고맙습니다! 덕분에 살았어요!"

글렌과 루미아는 그 말대로 의무실 안으로 들어갔다.

"""거기 서어어어어어어어어어어어어어어어!"""

그러자 사랑의 망자들은 그대로 의무실을 지나쳐 복도 너머로 달려갔다.

"사, 살았다……."

"고맙습니다, 세실리아 선생님."

일단 위기를 벗어난 글렌과 루미아는 안도의 한숨을 내쉬었다.

"상황은 주위에 퍼진 인간의 감정을 뒤흔드는 이상한 마력 파동을 보고 대충이나마 눈치챘어요. ……두 분 다 고생이 많으셨겠네요."

"음, 그건 그렇고 역시 세실리아 선생님한테는 『인기폭발약』이 효과가 없었나 보네요? ……다행이다."

"아하하, 전 이래 봬도 이 학교의 법의사…… 이 방면의 전문가니까요."

글렌의 감탄에 살포시 웃은 세실리아는 바로 진지한 표정으로 돌아와서 다시 입을 열었다.

"그보다 글렌 선생님. 이 방에 건 결계는 임시로 건 시한부예요. 이대로 내버려두면 곧 밖에 있는 사람들에게 들킬지도 몰라요."

"……그런가요."

"그러니…… 정말 죄송하지만, 일단 밖에 나가서 결계를 강화해주실 수 없을까요?"

"그 정도쯤이야 식은 죽 먹기죠."

글렌은 가타부타할 것 없이 제안을 받아들였다.

"……루미아, 그런 고로 잠깐 나갔다 올게."

"아, 예. ……조심하세요, 선생님."

그리고 결계를 강화하기 위해 바로 의무실 밖으로 나갔다.

'후우…… 대체 왜 이런 일이……'

조용한 의무실 안에 남겨진 루미아가 한숨을 내쉰 그때―.

"어? 세, 세실리아 선생님……?"

갑자기 세실리아가 뒤에서 루미아를 껴안았다.

"괜찮아요, 루미아 양……."

묘하게 뜨거운 숨결이 뺨에 닿았다.

"걱정하지 마세요. 제가……제가 당신 곁에 붙어 있을 테니까요. ……이 한 목숨이 다할 때까지."

"저, 저기…… 세실리아 선생님?"

아무래도 격려의 의미로 한 포옹이 아닌 것 같았다. 왠지 분위기가 이상했다.

세실리아의 손이 천천히 루미아의 가슴과 치마 속을 쓰다듬었고 입술이 몇 번이나 목덜미에 닿았다.

"루미아 양…… 루미아 양……."

세실리아는 애달픈 얼굴로 한층 더 루미아를 강하게 끌어안았다.

"저, 저저저기요! 세, 세실리아 선생님…… 혹시…… 약 때문에……?"

"예? 후훗. 안심하세요, 루미아 양. 저한테는 전혀 효과가 없었는걸요. 법의사인 저에게 이런 약이 통할 리가…… 그건 그렇고 루미아 양. 저, 당신의 아이를 갖고 싶어요. 이 생명이 다하기 전에……."

"완전히 통했잖아요!"

루미아는 기겁한 눈으로 메마른 미소를 지을 수밖에 없었다.

"선생님, 큰일이에요! 세실리아 선생님이……!"

그리고 황급히 팔을 뿌리치며 달아나려 했으나 세실리아는 평소와는 다른 괴력을 발휘하며 루미아를 침대 위로 넘어트렸다. 그리고 뜨거운 눈으로 루미아를 똑바로 내려다보았다.

"아, 아와와와…… 세, 세실리아 선생님…… 제, 제발 정신 좀 차리세요!"

"아아…… 루미아 양…… 들리나요? 지금 제 가슴이 세차게 뛰는 소리가. 심장이 터질 것만 같아요. 몸이…… 뜨거워! 이 안에서 당장에라도 뭔가가 폭발할 것 같아아아아아아앙!"

"좋아! 결계 강화 완료! 이걸로 한동안은 버틸 수 있……."

그리고 의기양양하게 의무실로 돌아온 글렌의 시야에 들

어온 것은 피투성이가 된 침대 위에서 완전히 정신을 잃은 세실리아를 루미아가 안아 일으키는 배덕적이면서도 모독적일 뿐만 아니라 음탕하기까지 한 처참한 광경이었다.

"이건 또 뭐야아아아아아아아아아!"

글렌은 눈을 뒤집어 까고 절규할 수밖에 없었다.

"그, 그게…… 세실리아 선생님께서 너무 흥분하셨는지…… 코피를 막 흘리시다가 그대로 피를 토하고 쓰러지셔서……."

"뭐?! 그럼 설마 세실리아 선생님도 당한 거였어?! 이거, 진짜 위험천만한 약이잖아!"

그렇게 글렌이 전율한 순간─.

콰아아아아아아앙!

"""천사님은 여기냐아아아아아아아아아아아!"""

학생들이 의무실 문을 부수고 안으로 쳐들어왔다.

"컥?! 말도 안 돼! 결계는 완벽했는데!"

"""사랑의 힘은 무한대!"""

"뭐야 그게! 에잇, 루미아! 도망치자! 따라와!"

"아, 예!"

루미아를 안아 든 글렌은 창문을 발로 깨부수고 도주했다.

"""거기 서어어어어어어어어어어어어어어어어어!"""

그리고 사랑의 망자들도 그 뒤를 쫓았다.

"허억……허억……!"

"서, 선생님?!"

대체 얼마나 시간이 지났을까.

"제길! 끈질긴 놈들! 너흰 지치지도 않냐?! 후우, 후우⋯⋯!"

"""사랑의 힘은 무한대!"""

"사랑이 무슨 만능이냐!"

학교 부지 안을 전력 질주로 도망 다닌 글렌은 숨을 헐떡이고 있었지만 사랑의 망자들은 전혀 지친 기색을 보이지 않았다.

"젠장⋯⋯ 콜록! 이대로는 곧⋯⋯!"

"선생님! 이제 됐어요! 전 신경 쓰지 마세요!"

산소 결핍으로 안색이 창백해진 글렌을 본 루미아는 필사적으로 호소했다.

"이대로 가면 선생님이⋯⋯! 그러니 전 여기서⋯⋯."

"시끄러, 이 바보야!"

하지만 글렌은 큰 소리로 거절했다.

"저런 들개 무리한테 너라는 특상의 먹잇감을 던져주고 나만 도망가라고?! 그런 기분 더러운 짓은 죽어도 못해! 애초에 잘못한 건 나니까 넌 그냥 내가 지켜주는 대로 얌전히 있어!"

"⋯⋯죄송, 해요. 선생님."

'하지만 이대로면 정말 위험할지도 몰라.'

전혀 타개책이 보이지 않는 상황에 글렌이 조바심을 느낀

그때—.

"""여기다아아아아아!"""

"컥?!"

앞쪽에서도 사랑의 망자들이 무리를 지어 몰려왔다.

그야말로 진퇴양난의 상황.

"아앗?! 어쩌지?! 이걸 대체 어쩌면 좋냐고!"

글렌의 온몸에서 식은땀이 흐른 순간이었다.

"《멈춰》!"

"""아아아아아아아아앗?!"""

갑자기 발밑에서 마력광이 복잡하게 뒤얽히더니 거대한 마법진을 형성, 그리고 그걸 밟은 사랑의 망자들은 석상처럼 굳어버리고 말았다.

이토록 많은 인간을 단 한 마디의 주문으로 멈출 수 있는 사람은 알자노 제국 마술학원에서도 단 한 명밖에 없으리라.

"세리카?!"

"오, 글렌. 이번에도 사건에 말려든 모양이군?"

글렌과 루미아 앞에 여유 있는 표정으로 모습을 드러낸 것은 다름 아닌 금발적안의 요염한 미녀, 세리카 아르포네아 였다.

"상황은 아까 오웰한테 대충 들었다. 훗…… 내가 왔으니 이젠 안심해."

"후우…… 넌 멀쩡한가 보네. ……다행이다."

글렌은 그제야 겨우 안도의 한숨을 내쉬었다.

"야, 날 얕보지 마. 이 몸은 전세계에 이름을 떨친 제7계제^{셉텐데}의 마술사라고? 그런 내가 고작 이 정도 수준의 약에 영향을 받을 리 없잖아."

"아하하! 하긴 그렇겠지!"

"아하하하하하하!"

두 사람이 동시에 웃음을 터트리자 긴박했던 분위기도 조금씩 누그러졌다.

"……그건 그렇고 위대한 스승님?"

"왜? 글렌."

"그게…… 왜 그렇게 루미아랑 가까이 계신 거죠?"

"저기…… 아르포네아 교수님?"

그러고 보니 어느새 세리카는 루미아의 바로 옆에 바짝 다가와 있었다.

"거, 거리가 너무 가까우신 거 아닌가요? 좀 더 떨어져 계시는 편이……."

"……."

글렌이 뺨을 실룩이며 그렇게 지적하자 세리카는 입을 다물었다.

"저, 저기…… 좀 실례할게요."

루미아가 쓴웃음을 짓고 세리카에게서 멀어지려 했지만 세리카는 착 가라앉은 눈으로 팔뚝을 움켜잡았다.

"······잠깐. 너, 설마······?"

그 이상한 반응을 본 글렌은 무지막지하게 불길한 예감이 들었다.

"그런 그렇고 루미아. 좀 갑작스럽겠지만······."

"뭐, 뭐가요? 교수님······."

조심스럽게 묻는 루미아에게 세리카는 방긋 웃은 후.

"너······ 내 것이 되지 않겠니?"

"셉텐데에에에에에에에에에에에에에에에에에!"

인정하고 싶지 않은 현실 앞에서 글렌은 절망할 수밖에 없었다.

"너, 완전히 약에 졌잖아! 정신 좀 차려, 이 바보야!"

"뭐라고?! 전세계에 이름을 떨친 셉텐데인 이 몸이 고작 이 정도 수준의 약에 영향을 받을 리가 없잖아! 적당히 좀 해! ······아, 루미아. 사랑해~♪"

"아, 아하하······."

루미아는 자신을 마구 안아대는 세리카에게 저항할 기력조차 없는 듯했다.

"큭······ 하지만! 난 이토록 루미아를 사랑하고 있지만······ 나한테는 글렌이······ 대체 누구를 선택해야······ 아! 마침 좋은 생각이! 루미아, 너, 글렌한테 시집 와라. 그럼 너도 글렌도 내 꺼니까! 와~ 이걸로 문제 해결~!"

"상황을 더 복잡하게 만들지 말라고, 셉텐데! 너야말로 적당히 좀 해!"

세 사람이 그런 우스꽝스러운 콩트를 찍은 순간—.

""""으라차!""""

와장창!

주위에 멈춰 서 있던 사랑의 망자들이 기백으로 세리카의 마술을 파훼하고 다시 사방에서 달려들기 시작했다.

"으아아아아아아아앗?! 진짜야?! 세리카의 마술을 너희가 대체 어떻게?!"

""""사랑의 힘은 무한대!""""

"너무 만능이잖아! 사랑!"

"거기 서욧! 루미아는 우리 꺼라구요!"

"방해하는 사람은 해치워버릴 거야!"

그리고 개중에는 시스티나와 리엘의 모습도 있었다.

"어?! 말도 안 돼! 【슬립 사운드】가 완벽하게 걸렸는데 벌써……?!"

"사랑의 힘은 무한대라구요!"

"응! 사랑!"

"아, 예! 예!! 사랑 말이죠! 알고 있었습니다요! ……뭐든 사랑이라는 말로 편리하게 해결하려 들지 말라고, 이 바보 자식들아!"

"흥! 이 몸에게서 루미아를 빼앗으려는 어리석은 놈은 누구지?"

"아무리 상대가 아르포네아 교수님이라고 해도 루미아는 넘길 수 없어요!"

"응! 못 넘겨!"

""""루미아는 우리 꺼야아아아아아아아아아!""""

""""아니야! 우리 꺼라구우우우우우우우우우!""""

"그렇다면……."

"루미아에게 가장 잘 어울리는 상대를 정하기 위해……."

""""전쟁이다!""""

이 모든 것은 사랑 때문에…….

사랑에 모든 것을 건 자들의 장렬한 싸움이 시작되었다.

"……이젠 그냥 죽이 되든 밥이 되든 맘대로 해."

글렌과 루미아의 눈앞에서 헤아릴 수조차 없이 많은 전격과 폭풍과 돌풍이 휘몰아치는 그 광경은 그야말로 세상의 종말— 신들의 황혼의 재림이었다.

"이걸 대체 어떻게 수습하면 좋지……?"

"아하, 아하하하……."

글렌과 루미아도 그저 멍하니 눈앞에서 펼쳐진 혼돈을 지켜보고만 있을 수밖에 없었다.

마침 그때—.

"홋…… 글렌 선생, 기다리게 해서 미안하군."

오웰이 느긋한 걸음걸이로 다가왔다.

"『중화제』가 완성됐다."

"이제야 겨우 된 거냐! 얼른 그걸 루미아에게……"

글렌은 약을 받으려고 손을 내밀었다.

"음? 이건 그런 식으로 쓰는 게 아니란다. 까놓고 말해 루미아 군에게 쓴 인기폭발약을 중화하는 약은 현 시점에선 존재하지 않아."

"……?"

하지만 오웰의 설명을 듣고 굳어버릴 수밖에 없었다.

"하지만 안심하도록, 글렌 선생. 루미아 군이 쓴 인기폭발약의 효과는 시간이 지나면 자연스럽게 사라지니까. 지금 내가 만들어온 중화제라는 건 루미아 군의 초절 인기 오라에 영향을 받은 인간들을 제정신으로 돌아오게 하는 약…… 그래. 저 녀석들에게 쓰려고 만든 약이니 말이다."

"이 멍청아! 저렇게 마구잡이로 뒤엉켜서 싸우는 녀석들한테 그걸 어떻게 써! 아무리 봐도 불가능하잖아!"

"안심해, 글렌 선생. 난 빈틈없이 저들에게 약을 동시에 처방할 수단도 준비해왔으니까!"

"그, 그래? ……참 나, 사람 놀라게 하기는. 그럼 얼른 써봐."

"음."

오웰은 품속에서 공처럼 둥근 뭔가를 꺼내더니 거기에 달린 도화선에 오일 라이터로 불을 붙였다.

슈우우…….

그러자 도화선이 불온한 소리를 내며 서서히 타들어가기 시작했다.

"야…… 일단 질문 좀 하자."

"뭘?"

"어쩐 무지막지하게 불길한 예감이 든다만…… 넌 대체 어떤 방법으로 여기 있는 전원에게 『중화제』를 처방하려는 거지?"

"훗, 그야 뻔하지 않나."

글렌의 질문에 오웰은 쿨하게 웃으면서 대답했다.

"이 몸의 특제 마도 폭탄을 터트리고 그 폭발력을 이용해서 단숨에 학교 전체에 약을 살포할 거다! 이게 바로 가장 효율 좋은 최적의 방법이니까! 으하하하하하하하하하하하!"

"……."

"……."

글렌과 루미아는 표정을 지우고 잠시 침묵했다.

"또 폭발 엔딩이냐아아아아아아아아아아아아아아!"

그리고 글렌이 그렇게 절규한 순간―.

파앗!

퍼어어어어어어어어어어어어어어어엉!

오웰의 폭탄이 대폭발을 일으켰고 이어서 맹렬한 폭풍이 그 자리에 있던 모두를 남김없이 날려버렸다.

그리고 모든 것이 끝난 후.

"아하, 아하하…… 왠지 엄청난 상황이 돼버렸네……."

폭발하기 직전에 글렌이 걸어준 【포스 실드】 덕분에 상처 하나 없이 멀쩡할 수 있었던 루미아는 굳은 미소를 지은 채 식은땀을 흘리고 있었다.

"으, 으응~."

"딸기 타르트…… 맛있어……."

"제기랄…… 이제 두 번 다시…… 그 변태 자식하고는…… 절대로 상종도 하지 말아야…… 끄응~."

"음냐음냐…… 결혼 축하한다, 글렌…… 이 엄마는 기쁘 구나……."

그런 그녀의 눈앞에는 모두가 새카맣게 그을린 모습으로 겹겹이 쌓인 채 기절해 있었다.

"훗…… 이 몸의 특제 『마도 배리어』가 없었으면 즉사였겠군."

그리고 역시 멀쩡했던 오웰은 의기양양한 얼굴로 영문을 알 수 없는 이상한 자세를 취하고 있었다.

"아무튼! 루미아 군의 『인기폭발약』은 이제 곧 효과가 사 라질 거다! 그리고 자네를 쫓아다니던 자들도 전멸했지! 즉, 이것으로 문제는 전부 해결됐다! 흠하하하하하하하하하하!"

"저, 저기 슈터 교수님……. 질문이 하나 있는데요."

루미아는 이걸 과연 문제가 해결됐다고 봐야 할지 내심 의문이었지만 일단 그 문제는 덮어두고 이번 사건을 겪는 동안 계속 궁금했던 점을 물어보기로 했다.

"……그, 글렌 선생님께는 왜 『인기폭발약』이 통하지 않았던 건가요? 다른 분들은 남녀노소 가릴 것 없이 효과가 있었는데……."

"흠……."

그러자 오웰은 주위를 한 차례 확인한 후 입을 열었다.

"뭐, 지금이라면 말해도 상관없겠지. 루미아 군. 그 『인기폭발약』 말이네만…… 실은 특정한 상대에게는 효과가 없는 맹점이 있었다네."

"……특정한 상대요?"

루미아는 고개를 살짝 갸웃거렸다.

"음. 마술이론상 초절 인기 오라…… 연애 감정을 유발하는 특수한 파장은 사용자의 무의식적인 대인감정을 매개로 주위에 확산되는 마력파일세. 그러다 보니 사용자가 의식하고 있는 상대를 피해가는 성질을 갖고 있지."

"……의식하고 있는 상대?"

천천히 그 의미를 되새긴 순간—.

"아, 아으…… 그, 그, 그럼…… 혹시?"

루미아의 얼굴이 서서히 붉게 물들기 시작했다.

전혀 예상치 못한 경악스러운 사실에 그녀는 허둥지둥 당황할 수밖에 없었다.

"저, 저기요! 슈더 교수님! 이 일은 부디……."

"훗…… 물론 비밀로 해주겠네. 이래 봬도 난 입이 무거운 편이거든. 그런 무신경하고 멋대가리 없는 짓은 절대로 하지 않겠다고 경애하는 여왕 폐하의 성명을 걸고 맹세하지."

"아하하…… 가, 감사합니다……."

"훗, 청춘인가. 아무쪼록 그 감정을 소중히 여기도록. 인생의 선배로서 응원하지."

오웰이 최고로 쿨한 표정으로 멋지게 백의를 나부끼며 그 자리를 떠나려 한 그때였다.

"놓칠까 보냐, 이 망할 자식아아아아아아아아아!"

마침 그 타이밍에 정신을 차린 글렌이 맹렬한 드롭킥으로 오웰을 날려버렸다.

"이 변태 마스터 자식!"

"좀 더 나은 방법은 없었던 거예요?!"

"애초에 이번 일의 원흉은 당신이잖아!"

"오늘만큼은 절대로 용서 못 해요!"

"다들 못 도망치게 포위해!"

"응! 베어버릴 거야!"

이어서 정신을 차린 학생들도 오웰을 향해 벌떼처럼 몰려들었다.

"자, 잠깐만 기다려보게! 제군! 이, 이건 제국의 미래를…… 끄아아아아아아아아아악?!"

그리고 삽시간에 폭도들 사이로 집어삼켜졌다.

"아하하하하하! 제법이구나, 오웰! 설마 내 감정도 조종할 수 있는 물건을 만들어낼 줄이야! 나름 즐거웠다! 다음에도 기대하마! 아하하하하하하하!"

그 와중에도 혼자 멀리 떨어져 있던 세리카는 뭐가 그리 즐거운지 배를 잡고 폭소를 터트리며 찬사를 보냈다.

"……참 나."

이윽고 오웰은 실컷 두들겨 팬 덕분에 약간 속이 풀린 글렌이 폭도들 사이에서 빠져나와 루미아에게 돌아왔다.

"……또 이상한 사건에 말려들게 해서 면목이 없다."

"아, 아하하……."

그리고 시선을 피한 채 머리를 긁적이며 사과하자, 루미아는 쓴웃음을 짓고 대답했다.

"그래도……."

"응?"

"여러모로 고생하긴 했어도…… 제 마음을 돌아볼 좋은 기회가 된 것 같아요."

"……뭐? 그건 또 무슨 소리야?"

어딘지 모르게 상쾌해 보이는 루미아의 반응에 글렌은 어리둥절한 표정을 지을 수밖에 없었다.

그러자 루미아는 그런 글렌을 지그시 바라보다가 기쁜 얼굴로 웃었다.

"앞으로 잘 부탁드려요, 선생님."

"으, 응…… 뭐가 뭔지 잘 모르겠다만, 이런 나라도 괜찮다면야……."

당황하는 글렌의 모습에 루미아는 다시 한 번 환하게 미소 지었다.

참고로 상황이 수습된 후 피로와 부상으로 너덜너덜해진 모든 학생을 헌신적으로 치료해준 루미아가 기존의 천사라는 별명을 뛰어넘은 성천사(聖天使)로서 교내에서 추앙받게 된 건 굳이 자세히 다룰 필요도 없으리라.

실장님의 우울

Melancholy of Eve Ignight

Memory records of bastard magic instructor

알자노 제국 마술학원이 있는 학구도시 페지테에서 마차로 나흘 정도 떨어진 곳에 있는 알자노 제국의 수도— 제도 오를란도.

그곳의 교외에는 하늘을 찌를 듯한 다섯 개의 거탑으로 이루어진 건축물이 존재했다.

통칭 『업마(業魔)의 탑』. 제국 궁정 마도사단의 총본부였다.

언뜻 불길하게도 들리는 이 이름은 사실 「그대, 힘에 사로잡히지 말지어다. 지나친 힘은 언젠가 반드시 자신의 몸을 망치게 되리란 것을 명심하라」는 말을 남긴 제국 궁정 마도사단의 창설자 겸 초대단장의 뜻에서 비롯된 것이었다.

그런 『업마의 탑』에서 달마다 열리는 실장회의에서는 여느 때처럼 날카로운 목소리가 울려 퍼지고 있었다.

"정말이지! 당신들은 왜 그리 무능한 건데!"

목소리의 주인은 홍련의 불꽃으로 물들인 듯한 아름다운 머리카락을 가진 십대 후반의 여자였다.

정열적인 붉은머리와는 반대로 한없이 차갑고 딱딱한 표정. 그런 상반되는 두 개의 속성과 늠름하기 짝이 없는 미모가 상승작용을 일으켜 마치 인간을 초월한 분위기를 자아내고 있었다.

그런 그녀의 이름은 이브 이그나이트. 제국 궁정 마도사단 특무분실 실장이자 집행관 넘버 1《마술사》의 이름을 짊어진 여자였다.

"명색이 중앙10실에 적을 둔 당신들이 왜 이 정도의 안건을 아직까지 처리하지 못한 거냐구!"

이브가 강하게 책상을 내리치며 벌떡 일어나자 회의에 참가한 주위의 다른 실장과 부실장들이 일제히 인상을 구기거나 당황하기 시작했다.

"그, 그게 말입니다…… 이브 님. 이쪽에도 여러모로 불가피한 사정이라는 게 있다 보니……."

"그, 그렇습니다. 이건 고도의 전문성과 판단을 요구하는 중요 안건이라……."

"저희의 독단으로 처리하는 건 좀……."

"아아, 진짜! 이래서 머리만 좋은 범생이란 것들으으으은!"

쾅!

다시 한 번 책상을 내리치자 실장들이 동시에 몸을 떨었다.

"정말 무능한 것도 정도가 있지! 당신들은 명색이 한 분실을 맡은 실장들이잖아?! 책임자란 것들이 이 정도도 직접 처리하지 못하면 어쩔 거냐구! 우린 현장에 있는 마도사들의 목숨을 책임지는 입장이거든?! 당신들이 그러고도 궁정 마도사야?! 여긴 신입 마도병들의 놀이터가 아니라구! 내 말 알아듣겠어?!"

우둔한 실장들은 이브의 질책에 아무런 반박도 하지 못했다.

"큭, 이걸 어쩌지. ……이 마약이 이만큼 퍼져 버렸으니…… 일단 부대를 재편성해서…… 그때의 지휘계통은…… 아, 진짜! 됐어! 이 안건은 우리 특무분실에서 처리할게! 자, 다음 안건!"

"아, 예……. 시, 실은 말입니다. ……저희 부서가 맡은 위법 마도기의 일제 압수 안건에…… 아무쪼록 특무분실이 협조를……."

"또……? 우리가 왜 무슨 일이 있을 때마다 당신네들을 도와야하는 건데?!"

"히익?"!

이브가 귀신도 찔러죽일 것 같은 눈초리로 노려보자 실장은 다시 겁을 먹고 움츠러들 수밖에 없었다.

"늦어서 미안하다, 이브!"

하지만 마침 그 순간 쓸데없이 쾌활하고 화려한 남자가 한없이 밝은 얼굴로 회의실에 들어왔다.

"오오……?!"

"전투 전문부서인 제1실 실장 크로우 오검 님……!"

"이브 실장님이 참가한 회의에 지각이라니…… 목숨이 아깝지도 않은 건가?"

술렁이는 회의실 안을 아무렇지 않게 가로질러서 자기 자리에 당당하게 착석한 남자…… 크로우는 아무래도 호탕하다기보단 눈치가 없는 부류인 듯했다.

"……으, 응. 그건 그렇고 크로우? 그쪽 전과는?"

이브는 짜증스럽게 찡그린 얼굴로 관자놀이를 실룩거리며 물었다.

"음! 그야 완벽하지! 그 테러리스트 놈들은 우리 제1실이 쓸어버렸어! 뭐, 별것 아니더군!"

"……흥, 수고했어. 뭐, 당신들이라면 그 정도 일쯤은……."

"아, 그건 그렇고 이브. 상담할 게 좀 있는데……."

"……뭔데?"

엄청나게 불길한 예감이 들었지만 이브는 일단 되물을 수밖에 없었다.

"그게 말야…… 이번 테러리스트 퇴치는 극비리에 진행된 작전이었잖아?"

"맞아."

"그런데 말이지…… 오랜만의 실력 행사다 보니 우리 제1실 애들도 좀 흥분한 모양이라…… 조금, 아니. 꽤, 아니. 심각하게, 아니. 아주 엉망진창으로 성대하게 판을 벌이는 바람에…… 일반시민들에게 완전히 들켜버린 것 같아! 은폐는 도저히 무리야!"

"……."

크로우는 차가운 눈으로 자신을 노려보는 이브에게 시원스럽게 고백했다.

"그러니 뒤처리는 너희 쪽에 부탁……."

"《죽어》!"

"으아앗~?!"

이브가 날린 불꽃이 크로우의 몸을 집어삼키며 맹렬하게 타올랐다.

"당신들은 대체 왜 매번 이렇게 쓸데없는 일거리만 늘리는 거냐구!"

"꺄아아악! 앗 뜨뜨! 사, 사람, 사람 살려어어어어어어!"

그리고 며칠 후, 긴급회의가 열린 특무분실 소유의 회의실.

"이게 대체 뭐냐구!"

타앙!

이미 특무분실의 명물이 된 이브의 날카로운 목소리와 책상을 내리치는 소리가 여느 때처럼 방 안에 울려 퍼졌다.

회의실 한가운데에 있는 원탁 주위에는 이브 말고도 특무분실의 낯익은 멤버들이 앉아있었다.

알베르트, 버나드, 크리스토프, 그리고 마침 보고 때문에 제도로 돌아온 리엘.

이브는 그런 그들을 짜증스러운 눈으로 흘겨보며 다시 입을 열었다.

"업무량이 많은 것도 정도가 있지! 바빠도 너무 바쁘잖아! 이게 상식적으로 말이 돼?!"

"그야 뭐, 어쩔 수 없지 않나. 우린 궁정 마도사단의 조커나 다름없는 부서니까 그만큼 일이 많을 수밖에."

이브의 한탄에 건장한 체구의 노인 버나드가 마치 남 일처럼 투덜거렸다.

"애당초 왜 이것밖에 안 모인 건데! 오늘 회의는 한참 전에 공지했던 거잖아!"

"다른 멤버들이라면 각자 밀명을 받고 페지테 각지에서 독자적으로 임무를 수행하는 중이다."

이번에는 맹금류 같은 날카로운 분위기의 청년 알베르트가 무뚝뚝하게 대답했다.

"……애초에 저희 특무분실은 저티스가 1년 전에 일으킨 사건 때문에 멤버가 상당히 줄었으니까 말이죠."

이어서 마치 여자처럼 선이 고운 미소년 크리스토프도 괴로운 얼굴로 말했다.

"……글렌도 그만뒀고."

그리고 무기력, 무감정, 무표정의 삼박자를 갖춘 인형 같은 소녀 리엘도 손에 든 딸기 타르트를 마치 아기 다람쥐처럼 오물오물 먹고 있다가 마침 생각났다는 듯 한 마디를 보탰다.

"아아아아아, 진짜! 업무량에 비해 일손이 너무 부족하다구! 보충 요원은 언제쯤 추가되는 건데?! 위에선 대체 뭘 하는 거야! 이렇게 사람이 부족한데 일은 일대로 떠맡기질 않나, 거기다 책임은 책임대로 막중하고…… 대체 나 보고 뭘 어쩌라는 거야!"

"훗…… 잘 봐라, 알 도령. 크리 도령."

버나드는 머리를 감싸쥔 채 히스테리를 부리는 이브를 엄지로 가리키며 웃었다.

"책임을 져야 하는 입장이 되면 마음대로 농땡이도 피울 수 없게 되지. ……저래서 난 출세하고 싶지 않았던 거라고!"

"거기! 다 들리거든?! 이 만년 십기장(十騎長)!"

버나드는 본인이 원하기만 하면 충분히 고위 계급인 천기장, 아니, 만기장까지도 승진할 수 있었지만 일부러 군기 위반을 저지르거나 자기가 올린 공적을 타인하게 양보하는 식으로 현재의 계급에 눌러앉은 괴짜 중의 괴짜였다.

"이해할 수가 없군, 이브. 대체 뭐가 불만이지? 우린 톱니바퀴다. 위에서 내려온 명령을 충실하게 따르면서도 돌발 상황 시에는 유연한 사고로 대처해 최대한 성과를 거두는 것. ……조직에 공헌한다는 건 바로 그런 거지. 거기에 개인적인 감정이나 부담감 같은 건……."

"워커홀릭은 좀 닥쳐!"

항상 수많은 안건을 태연한 얼굴로 완벽히 동시 처리하는 알베르트의 업무 능력은 궁정 마도사단 내부에서도 유명했다. 하지만 그 정도가 지나치다 보니 다들 속으로는 그를 수면시간까지 아껴가며 일만 생각하는 중증 일 중독자로 보고 있었다.

"자자, 이브 씨. 진정하세요. ……그렇게 히스테리만 부리면 주위 남자들이 전부 도망쳐서 평생 노처녀로 살아야 할지도 모른다고요?"

그러자 크리스토프가 진심으로 걱정스러운 표정을 하고 끼어들었다.

"응. ……이거 먹고 기운 내."

리엘도 딸기 타르트의 끄트머리를 아주 조금 떼어낸 부스러기를 이브에게 내밀었다.

자연스럽게 속을 뒤집는 천연 2인조의 콤비네이션 공격에 이브는 실시간으로 혈압이 오르는 것을 느꼈다.

"으, 으흠…… 아무튼! 상황이 이런 데다 당신들은 늘 이 모양 이 꼴이니…… 이번에는 실장 권한으로 우리 특무분실에 새로운 멤버를 모집하기로 했어!"

"""?!"""

느닷없는 이브의 선언에 멤버들의 시선이 집중되었다.

"흥! 실은…… 이미 인사부에 일반 궁정 마도사나 각 방면군, 유명 마술 길드 내에서 특무분실에 들어오길 원하는 사람을 모집해달라고 했어. ……그러니 당신들도 그 심사를 같이 맡아줘야겠어!"

―그런 이유로 현재 이브를 비롯한 특무분실의 괴짜 5인조 앞에는 서류가 산더미처럼 쌓여 있었다.

"이건…… 설마 전부 지원자들의 이력서와 마술 적성 평가

표인가?"

버나드가 아연실색한 얼굴로 중얼거렸다.

"하필 이런 부서에 지원하다니…… 이상한 녀석들이군."

"일단 말해두겠는데…… 특무분실은 제국 궁전 마도사단 최강의 실전부대거든? 그러니 이곳에 소속되는 건 마도사로서 최고의 영예인 셈이지. ……당신들은 전혀 자각이 없는 것 같지만."

팔짱을 낀 이브는 기막혀 하는 알베르트를 차갑게 흘겨보면서 쏘아붙였다.

"아~ 이브 양. 자네 심정은 알겠네만…… 상부를 무시하고 멋대로 인원을 추가하는 건 역시 좀……."

"애당초 이런 어중간한 심사로 우리 임무에 종사할 만한 인재를 스카우트하는 건 무리일 거라고 본다만?"

"물론 나도 즉시 전력감이 될 만한 인재를 뽑으려는 건 아니야."

이브는 코웃음을 한 번 치더니 머리카락을 쓸어 올리며 말했다.

"처음에는 수습이나 임시 멤버로 취급할 거야. 바로 넘버를 부여하는 게 아니라."

넘버라는 건 특무분실에 소속된 마도사에게 부여되는 코드네임이다. 관계자들 사이에서는 이브를 넘버 1《마술사》, 알베르트를 넘버 17《별》이라고 부르는 것처럼.

"하지만 경험과 실적을 쌓고 실력도 증명된다면 때를 봐서 위에 넘버 후보로 추천할 생각이야. ……글렌이랑 리엘 때도 그랬잖아?"

"흐음? 그러고 보니 그랬었지."

"그런 고로 버나드. 신입 교육은 맡길게. 글렌 때처럼 세 달 안에 쓸 만하게 만들어줘. 알겠지?"

"으에에에에에엑?! 귀찮아! 아니, 애초에 그 특훈을 따라올 수 있는 녀석이 과연 글렌 말고 또 있으려나……?"

"그건 내 알 바 아냐. 아무튼 지금부터 각자 분담해서 서류를 체크하고 유망해 보이는 인재를 추려내 줘."

멤버들은 이브의 명령으로 일단 서류 심사부터 시작하기로 했다.

"…………."

한동안 실내에는 멤버들이 저마다 묵묵히 종이를 넘기는 소리만 울려 퍼졌다.

"하아~."

하지만 이브는 갑자기 다리를 꼬고 책상 위에 올리더니 노골적인 한숨을 내뱉었다.

'……역시 무리였을까. 쓸 만해 보이는 인재가 없어. 수준이 너무 낮은 무능한 녀석들뿐…….'

그리고 서류들도 책상 위로 내던졌다.

거기에 기재된 마술사와 마도사들의 능력은 평범하게 우수한 편이었지만 그럼에도 특무분실이 요구하는 기준에는 전혀 미치지 못했다.

'다른 부서라면 모를까 평범하게 우수한 수준으로는 여기서 버틸 수 없어.'

아무튼 특무분실은 마술이 얽힌 다양한 안건을 전문적으로 다루는 부서이기 때문이다.

'나나 알베르트처럼 「모든 방면에서 차원이 다른 슈퍼 올라운더」거나 글렌과 리엘처럼 「어떤 한 분야에서 특출난 변화구」가 아니면…… 장기말로 써먹을 수가 없는걸.'

특무분실에 필요한 건 다양한 임무와 상황에 대처할 수 있는 인재지, 아무런 특징도 없는 무난한 인재가 아니었다.

'흥. 뭐, 그런 인재를 구하기 어렵다는 건 알아. 그래서 좀처럼 새 멤버도 보충되지 않은 거였고…….'

거기까지 생각한 이브는 작업을 일단 멈추고 잠시 쉬기로 했다.

'그건 그렇고…… 다른 사람들은 어떨까? 쓸 만한 인재를 찾았으려나?'

그리고 다른 멤버들을 슬쩍 훔쳐보았다.

"흠흠……."

그러자 마침 엄청난 속도로 서류를 넘기는 버나드의 모습이 눈에 들어왔다.

'잠깐만…… 저런 속도로 내용이 눈에 들어오기나 해?!'

이브가 경악한 순간—.

"……합격. ……음, 이것도 합격. ……합격. ……이것도 합격이군."

버나드가 진지한 얼굴로 지원자들을 추려내기 시작했다.

"큭큭큭…… 우수한 인재가 있긴 있구만. ……아, 이브 양. 거기 그건 자네의 눈에 차지 않은 녀석들인가 보지?"

"으, 응……. 그렇긴 한데……."

"흠, 나도 좀 보도록 하지."

버나드는 새 서류뭉치를 받더니 조금 전처럼 엄청난 속도로 내용을 훑기 시작했다.

"음, 합격. ……이것도 합격."

그리고 능숙하게 새로운 지원자들을 추려내기 시작했다.

'여, 역시 대단해…….'

이브는 감탄한 눈초리로 버나드의 작업을 지켜보았다.

그의 인재를 보는 눈은 확실했다. 아무튼 4년 전에 이브와 상부가 「쓸모없다」는 낙인을 찍고 버린 글렌을 건져낸 것은 다름 아닌 그였기 때문이다.

'분명 이 사람의 눈에는 내가 보지 못했던 것들이 보이는 거겠지…….'

왠지 흥미가 생긴 이브는 그가 합격으로 분류한 서류들을 집어 들었다.

'……이들에게는 과연 어떤 재능과 능력이 숨겨져 있는 걸까?'

그리고 다시 한 번 내용을 자세히 확인했다.

'……응? ……어라?'

하지만 거기에 기재된 지원자들의 능력은 너나 할 것 없이 평범했다.

그렇다고 글렌처럼 특수한 고유 마술을 쓸 수 있는 것도 아니었다.

어딜 어떻게 봐도 『쓸모없는』 패였다.

"크흐흐! 이것도 합격! 음, 다들 하나 같이 수준이 높구만!"

그런데도 버나드는 이브의 눈에는 쓸모없게만 보이는 인재들을 골라내고 있었다.

'뭐, 뭐지? 대체 뭐야? 이 사람의 눈에는 대체 뭐가 보이는 거지?!'

버나드의 바닥을 알 수 없는 능력을 목격한 이브는 전율을 금할 수 없었다.

"……."

하지만 그러는 사이에 눈치채고 말았다.

버나드가 합격시킨 이력서에 첨부된 사진에는 한 가지 공통점이 있다는 사실을.

"……저기, 버나드? 당신…… 조금 전부터 『젊고 귀여운 여자』만 골라내고 있지 않아?"

이브가 눈을 게슴츠레 뜨고 그렇게 지적한 그때—.

"……."

버나드가 입을 다물고 작업을 중지했다.

아무리 봐도 정곡을 찔린 반응이었다.

"저기 말야! 음흉한 속셈으로 뽑으면 어떡하자는 거야! 능력으로 뽑으란 말야! 능력으로!"

"아니, 하지만…… 잠깐 내 말도 좀 들어보게. 합격 후에 매일 같이 계속되는 힘든 훈련…… 숭고하고 올곧은 사명감으로 지원했을 터인 귀여운 아가씨들의 당장에라도 꺾일 것 같은 마음……."

버나드는 황홀한 표정으로 천장을 올려다보았다.

"하지만 그럴 때 늘 엄격하게 보이기만 했던 교관이 살며시 끌어안아주면서 그녀들을 위로해주는 걸세. ……그럼 그녀들은 내 엄격한 태도 뒤에 숨겨져 있던 따스한 감정을 깨닫고…… 「아아, 교관님은 언제나 내 편이었구나」라고 감동하면서 사랑이 싹트는 거지!"

"《내 알 바냐》아아아아아아아아아아아아!"

"으갸아아아아아아아아악?!"

이브의 폭염이 세차게 소용돌이치며 버나드를 날려버렸다.

"크, 크흑…… 나, 나는…… 평생…… 현……역…… 풀썩!"

힘이 다해 쓰러진 버나드는 일단 무시하고 갑자기 불안해진 이브는 다른 멤버들의 작업 상황도 확인해보기로 했다.

"……다른 멤버들은 제대로 하고 있는 거겠지?"

일단 알베르트부터.

버나드와 달리 고지식하기 짝이 없는 그는 진지한 눈으로 담담하게 서류심사를 진행하고 있었다.

이브는 그런 그의 뒤에서 작업을 훔쳐보았다.

"흠…… 이 남자는…… 보조 관측자가 있을 시 마술저격의 정물 필중 사거리가 1,000 미트라인가."

다시 말해, 정지된 표적을 노릴 경우 최대 1,000 미트라까지의 거리라면 반드시 저격이 성공한다는 뜻이었다.

'흐, 흐응…… 이런 굉장한 지원자도 있었네?!'

이브의 표정이 바로 밝아졌다.

'이건 귀한 인재야! 대충 보아하니 다른 능력들도 전부 평균 이상! 이 정도라면 충분……'

그리고 그렇게 생각한 순간이었다.

"……이건 못 써먹겠군."

알베르트가 그렇게 중얼거리며 서류를 치워버렸다.

"뭐? 어, 어째서……?"

당연히 이브로서는 무척 당황할 수밖에 없었다.

"잠깐, 알베르트! 대체 왜 저 사람을 제외한 거야?!"

"……보아하니 저격밖에 장점이 없는 남자더군. 그렇다면 정물 필중 사거리는 2,000은 돼야 그럭저럭 써먹을 만하겠지."

"……"

이브는 경악했다.

정물 필중 사거리 2,000. 그런 신기(神技)를 보유한 인물은 전세계를 통틀어도 손에 꼽을 정도밖에 존재하지 않으리라.

참고로 그 수치를 아득히 뛰어넘는 실력을 자랑하는 괴물은 바로 그녀의 눈앞에 있었지만 말이다.

"다음. 이 남자는…… 예창 주문의 최대 작성 가능 수가 5…… 글렀어. 【라이트닝 피어스】라면 적어도 상시 스무 발은 작성할 수 있어야…… 그리고 또 그걸 더블 캐스팅으로 발동……."

"당신을 기준으로 생각하지 마아아아아아아아아아아아!"

이브는 불 같이 성을 내며 알베르트의 멱살을 움켜잡았다.

"대, 체, 왜, 당신을 기준으로 생각하는 건데?! 그 기준이면 특무분실에 들어올 수 있는 사람은 아무도 없거든?!"

"하지만 우리가 맡은 임무는 고도의……."

"닥쳐!"

꾹꾹.

마침 그때 누군가가 이브의 옷자락을 잡아당겼다.

"저기, 이브. ……다했어."

리엘이었다.

여느 때와 다름없는 졸린 듯한 무표정이었지만, 자세히 보니 살짝 가슴을 펴고 있었다.

"……뭘?"

"동료가 되고 싶은 사람, 정했어."

"흐, 흐응~? 빨리 끝냈네? 그럼 어디 한 번……."

그러자 리엘은 곧 이브의 눈앞에 서류를 산더미처럼 쌓아 올렸다.

"이거, 전부."

"……."

"다들 나보다 머리가 엄청 좋아."

"아니, 자기를 기준으로 생각하지 좀 말라구우우우우!"

리엘이 맡은 이력서는 거의, 아니. 틀림없이 단 한 장도 줄지 않은 상태였다.

"그야 머리로 너랑 비교하면 당연히 그렇겠지!"

"그런가. ……좀 쑥스럽네."

"칭찬한 거 아니거든?! 대놓고 빈정거린 거거든?! 아, 진짜! 당신들은 대체 왜 그렇게 극단적인 거냐구! 도저히 일을 못 맡기겠네 정말!"

이브의 머리에 피가 솟구치다 못 해 혈관이 터질 뻔한 그때—.

"하하하, 고생하시네요. 이브 씨."

특무분실의 얼마 없는 양심인 크리스토프가 부드럽게 말을 걸어왔다.

"크, 크리스토프……."

"뭐, 좀 진정하세요. 다들 악의가 있는 건 아닐 테니까요. 그보다……."

크리스토프는 몇 장의 서류를 이브에게 슬그머니 내밀었다.

"아직 애송이인 제가 남을 평가하는 건 무척 죄송스러운 일이지만…… 일단 몇 명 정도 추려봤습니다."

"흐, 흐응……?"

서류를 받은 이브는 지원자의 정보를 대충 확인했다.

"……확실히 좋은 인재들이네. 과연 크리스토프……."

"감사합니다."

이브의 칭찬에 크리스토프는 온화하게 웃었다.

"아, 제가 특히 추천하고 싶은 건 이 분이에요. ……어떠세요? 이브 씨."

"흐응? 그게…… 응, 좋은 사람이네."

"예, 그렇죠? 일반적으로 남자에게 차분함과 여유가 생기는 건 서른 살부터라고 하고…… 집안도 훌륭하고, 수입도 안정적이에요. 용모도 남자답고 인품도 온화하니 양호. 순조롭게 출세가도에 올랐으면서도 본인은 일보다 가정을 우선하고 싶다네요. ……예, 이 정도면 우량물건 아닐까요?"

"……뭐?"

그런데 뭔가가 이상했다. 대화가 이상하게 어긋나고 있었다.

이브가 당혹스러움을 감추지 못하는 한편, 크리스토프는 아주 멋진 미소를 짓고 이렇게 말했다.

"어떤가요? 이브 씨. 한 번 만나보시는 건. 개인적으로 이브 씨는 이대로 내버려두면 정말로 노처녀가 될 것 같아서 걱정이라……."

"이게 대체 언제부터 내 맞선 상대를 고르는 작업이 된 건데?!"

어째선지 가슴에 푹푹 꽂히는 말에 눈물이 핑 돈 이브는 크리스토프의 멱살을 붙잡고 마구 뒤흔들었다.

"부탁이니까 제발 다들 좀 진지하게 하라구우우우우우!"

그리고 그 후에도 이력서로 종이비행기를 접기 시작한 리엘의 관자놀이에 주먹을 빙글빙글 돌려서 응징하거나, 여성 지원자들의 사진으로 미인대회를 시작한 버나드를 불태워버리거나, 하면서 작업을 진행한 결과─.

"드디어 면접이네요."

"후우……후우…… 이, 이제야 겨우 이 순간이……. 고작 서류 심사밖에 안 했는데 왜 이렇게 지쳐야 하는 거냐구……."

마침내 이브는 서류 심사를 통과한 지원자들의 면접 심사를 코앞에 두고 있었다.

결국 거의 혼자서 작업을 마치는 바람에 몸도 마음도 완전히 지친 상태였다.

참고로 지금 이브가 있는 곳은 면접실이었다.

방 한가운데에는 원탁, 그리고 면접자가 앉게 될 의자 반대쪽에는 다섯 개의 의자가 배치되어 있었고 면접자석의 바로 맞은편 자리에는 이브가 앉고 나머지 자리를 각각 알베르트, 리엘, 버나드, 크리스토프가 채웠다.

"아무튼 정말 중요한 건 지금부터야. 잘 들어. 지금부터 우리는 서류 심사를 통과한 지원자랑 1대 5 형식으로 면접을 하게 될 거야."

"거 참…… 다들 움츠러들지나 않으면 다행이겠군."

"그게 목적이야. 아니, 애초에 이 정도의 중압감도 이겨내지 못하는 인재 따윈 특무분실에 필요 없어."

이브는 머리카락을 쓸어 올리며 차가운 목소리로 말했다.

"물론 면접은 내가 주로 진행할 거야. 실장이니까 당연하잖아?"

"우와…… 지원자들이 불쌍하네요."

"닥쳐. 아무튼 그럴 거지만, 당신들도 뭔가 질문하고 싶은 게 있으면 사양하지 말고 팍팍 해. 오늘 온 녀석들은 나름 고르고 고른 인재들이거든? 그런 만큼 확실히 확인해두고 싶어. 우리가 지원자들을 홀딱 발가벗겨 버리자구."

"알았다."

"응."

"예, 선처하겠습니다."

"하암…… 귀찮구만."

알베르트, 리엘, 크리스토프, 버나드가 고개를 끄덕였다.

"좋아. 그럼 시작할게. ……크리스토프."

이브의 지시를 받고 크리스토프가 자리에서 일어났다. 그리고 문을 열고 밖에서 줄을 선 채 대기 중인 지원자 한 명을 불렀다.

"들어오세요."

"……시, 실례하겠습니다!"

안경을 쓴 젊고 아리따운 여마도사가 약간 긴장한 기색으로 조심스럽게 들어왔다.

"오, 오늘은 불러주셔서 정말 감사합니다! 전……."

그리고 의자 옆에 서서 자기소개를 시작하려 한 순간—.

"이이이이이야아아아아아아아아아아아아압!"

갑자기 리엘이 원탁을 박차면서 거대한 검을 고속으로 연성했다. 그리고 잔상이 남을 정도의 스피드로 여마도사의 옆을 스쳐지나가는 동시에 그것을 세 차례 휘둘렀다.

"아……."

투둑, 툭, 투두둑…….

이윽고 여마도사 입고 있던 로브가, 속옷이, 깔끔하게 잘린 채 바닥으로 흘러내렸고 그녀는 실오라기 하나 걸치지 않은 모습으로 넋을 잃은 채 가만히 서 있었다.

"""……."""

그 특무분실 멤버들조차 막을 틈도 없이 벌어진 사태에 다들 할 말을 잃을 수밖에 없었다.

"……어때?"

하지만 이런 참상을 만들어낸 원흉인 리엘은 어째선지 자랑스러운 것처럼 살짝 가슴을 펴고 일동을 돌아보았다.

"이브 말대로 홀딱 벗겨버렸어. ……잘했지?"

"우오오오오오오오오옷! 그래, 아주 잘했다! 리에에에엘!"

그러자 가장 먼저 반응을 보인 것은 당연히 버나드였다. 그는 단숨에 리엘의 옆으로 순간 이동하더니 머리를 거칠게 마구 쓰다듬어주었다.

"음! 음! 나이스다! 장하다, 장해! 하하, 오랜만에 눈호강 좀 하는구만! 역시 젊은 처녀의 눈부신 살결은 최고야! 어디 보자…… 나도 실장이 엄명한대로 확실하게 확인해둬야……"

그리고 변태 아저씨 그 자체인 눈빛으로 여마도사의 알몸을 징그럽게 훑어본 그때였다.

"《죽어》!"

맹렬한 폭압과 폭염이 리엘과 버나드를 동시에 날려버렸다.

"그런 뜻으로 한 말이 아니거든?! 아니, 날 핑계대지 마! 그럼 나도 변태인 것 같잖아!"

"꺄아아아아아아아아아아아아악!"

폭음 덕분에 겨우 정신을 차린 여마도사는 한 차례 비명을 지르더니 울면서 가슴과 국부를 가린 채 밖으로 뛰쳐나가고 말았다.

"……면접 사퇴로 실격."

그러자 이런 상황 속에서도 유일하게 표정에 변화가 없는 알베르트는 아무렇지 않게 서류의 평가 항목에 X자를 표시했다.

"당신은 지금 그러고 있을 때야?!"

"안심하세요. 지원자가 퇴실할 때 제가 즉석 은폐 결계를 걸어줬거든요. 그녀의 알몸은 아무도 못 봤을 겁니다."

한편, 크리스토프는 변함없이 신사다운 배려심을 발휘한 모양이었다.

"그게 문제가 아니라구! 아, 진짜! 처음부터 너무 불안하잖아!"

이브는 머리를 감싸 쥔 채 하늘을 향해 탄식할 수밖에 없었다.

그리고 그녀의 불안은 정확하게 적중했다.

"……이상이 제가 특무분실에 지원한 동기입니다."

"흐응? 그래?"

남자 마도사의 거침없는 자기소개를 이브는 쿨하게 흘려넘겼다.

"그건 그렇고 당신의 전문 마술 분야는 『백마술』의 정신지배 계통…… 그리고 그밖에도 마술이 아닌 몇 가지 특기를 습득한 모양인데…… 당신은 그걸 이 특무분실에서 어떻게 활용할 생각이지?"

"예! 궁정 마도사단이 앞으로 이 제국에서 맡게 될 역할로 예상되는 이하 세 가지의……"

마도사는 이브의 매서운 질문에도 당당한 태도로 척척 대답했다.

"……이상 세 가지의 이유로 제 힘은 반드시 특무분실에 도움이 되리라 확신하고 있습니다."

"……일리는 있네."

그리고 이브는 특무분실의 최고 고참에게 의견을 묻기 위해 시선을 돌렸다.

"버나드. 당신은 이 남자를 어떻게 생각해?"

"불합격."

하지만 돌아온 건 매몰차기 짝이 없는 대답이었다.

"어, 어째서?! 대체 왜 나를……!"

설마 이렇게 맥없이 떨어질 줄 몰랐던 마도사가 비난을 퍼부으려 한 순간―.

"사내놈 따윈 필요 없다!"

피눈물을 흘리는 아수라 같은 표정의 버나드가 마치 그것이 세상의 진리인 것처럼 단언했고, 마도사는 결국 힘없이 고개를 떨군 채 퇴실하고 말았다.

"버나드으으으으으으으?!"

이브는 이제 그저 머리를 싸맬 수밖에 없었다.

"……저기…… 실례합니다. 오늘은 불러주셔서 영광……."

그러는 사이에 딱 봐도 미인인 젊은 여마도사가 면접실로 들어왔다.

"합격."

버나드는 어느새 그녀의 옆에 서 있었다.

"응? ……어? ……예에?!"

여마도사는 당연히 당황할 수밖에 없었다.

"아가씨, 이름은?"

"예? 저, 전…… 카밀리아라고 하는데요."

"그렇군. 「내 운명은 그대가 쥐고 있다」인가……. 좋은 이름이군. 그야말로 운명이 느껴져."

로맨스그레이의 매력을 한껏 내뿜으며 그녀의 손을 잡고 그윽한 미소를 짓는 버나드.

"……예?"

그 오랜 세월을 거치며 갈고 닦은 『성인 남성』의 매력 앞에서 여마도사는 마음의 빗장을 풀어헤치며 뺨을 붉힐 수밖에 없었다.

"아가씨…… 우리 긍지 높은 특무분실의 요원들은 제국민들을 위해 끝없는 지옥을 걷는 순교자일세. 그 앞에 펼쳐진 것은 무한한 황야뿐……. 그래도 난 이 몸이 백골로 썩어문드러질 때까지 그 길을 걷기로 결심했지. ……그 또한 내 운명일 테니까. 하지만 그 불모의 땅에도 한 떨기 꽃이 피어 있다는 사실을 지금 이 순간 깨달았다네."

"그, 그 꽃이라는 건……?"

"그대일세. ……바로 그대가 내 상처입고 메마른 마음을 적셔줄 꽃이었던 게야⋯⋯."

"아, 아, 아으으⋯⋯."

젊은 시절부터 지금 이 순간까지 슈퍼 바람둥이로 악명을 떨친 버나드의 헌팅 테크닉 앞에서 순진한 여마도사의 마음은 그야말로 설탕처럼 녹아내리고 말았다.

"아가씨⋯⋯ 어쩌면 난 그대와 만나는 이 순간을 기다려왔던 걸지도 모르겠군. 나와 함께⋯⋯ 우리 집으로 가지 않겠나?"

"아아, 예. ⋯⋯이런 저라도 상관없다면⋯⋯ 당신의 곁에 핀 한 떨기 꽃이 되게 해주세요⋯⋯."

"《누가 헌팅을 하라고 했어》?!"

마침 그 순간 제정신을 차린 이브가 버나드를 폭염으로 날려버렸다.

"콜록! 쿨럭! ⋯⋯갈 날이 얼마 안 남은 늙은이에게 너무한 거 아닌가? 이브 양"

"시끄러! 어지간한 청년보다 성욕이 왕성한 당신이 고작 이 정도로 죽을 리 없잖아! 아니, 그보다 왜 성별에 따라 태도를 막 바꾸는 건데!"

"여자는 필요하니까!"

피눈물을 흘리는 아수라 같은 표정의 버나드가 마치 그것이 세상의 진리인 것처럼 단언했다.

"너무 솔직하잖아!"

그 후에도—.

　"……그래. 그건 1년 반 전의 일이었지. 그때 엘트린그라드 마을에서 우리가 본건…… 진정한 지옥이었다."

　이번에는 알베르트가 면접 도중에 갑자기 자신의 경험담을 들려주기 시작했다.

　"적은『죽음의 병마를 다루는 외도 마술사』…… 사실 놈은 현지에 파견된 우리 일행 속에 숨어있었던 거다. 외부와 단절된 폐쇄 공간. 보급도 지원도 기대할 수 없는 절망적인 상황. 서로를 의심하기 시작한 마도사들. 우리 몸을 시시각각 좀먹는 죽음의 병. 눈앞에서 나날이 쌓여가는 파견 마도사와 마을사람들의 시체. 죽음의 병으로 온몸이 새카맣게 썩은 살에 들끓는 파리의 무기질적인 겹눈이…… 마치 나에게「다음은 네 차례다」라고 말을 거는 것 같더군. 심한 고열 때문에 정상적인 사고가 불가능한 상태로 시간만 속절없이 지나갔고…… 그 날도 적의 정체를 밝혀내지 못한 채 잔혹한 밤이 찾아왔지. 병의 진행 속도가 압도적으로 빨라지는 죽음의 밤이. ……그리고 사흘 째 밤, 우리보다 앞서 마을에 도착한 당시의 집행관 넘버 19《태양》이 마침내 이성을 잃고 마을사람들을 공격하기 시작했고…… 난 어쩔 수 없이 그 남자를 그 자리에서 처분할 수밖에 없었다."

　그 담담하면서도 박진감 넘치는 묘사에 지원자는 새파랗

게 질린 얼굴로 마른 침을 삼켰다.

"카일 밀토스…… 넌 방금 분명 이렇게 말했지? 너라면 어떤 상황에서든「차분하고 냉정하게」판단을 내릴 수 있을 거라고……. 정말로 할 수 있겠나? 내가 방금 말한 것 같은 상황에서 이성을 잃지 않고, 좌절하지 않고 냉정침착하게 죽어야 할 인간과 살아야 할 인간을 선별하는 행위를……."

"무리입니다! 그럼 전 이만 실례하겠습니다아아아아아!"

결국 완전히 겁에 질린 지원자는 그 자리에서 쏜살 같이 달아나고 말았다.

"흥, 나약하기는. 저건 못 써먹겠어."

알베르트는 이번에도 서류의 평가 항목에 담담한 태도로 X자를 적어 넣었다.

"이번 지원자는 또 왜 쫓아낸 거야?! 모처럼 내 마음에 든 우수한 인재였는데!"

그러자 이브가 분노로 주먹을 부르르 떨면서 어깨를 들썩였다.

"중압감을 주라고 했지 겁을 주라고 한 적은 없거든?!"

"하지만 저 정도의 정신력으로 그런 지옥에서 살아남는 건……."

"닥쳐! 그건 그 사건에서 유일하게 기적적으로 생환한 당신이 진짜 특이한 케이스였던 거거든?! 이제 슬슬 당신이 초인이라는 걸 자각하라구!"

이렇게 알베르트에게 맡기면 아무리 우수한 인재라도 마음이 꺾인 채 떠나가고 말았다.

"이아크 씨. 취미는 뭐죠?"

"예? 아…… 요리를 조금……."

"그렇군요. 예, 실은 여기 계신 이브 씨의 취미도 요리랍니다."

"예? 그, 그러신가요?"

"예, 하하, 다행이네요. 서로 공감할 수 있는 취미가 있으니 대화도 잘 통하겠어요."

그렇게 말한 크리스토프는 그대로 자리에서 일어나 면접실을 나가려 했다.

"후훗, 그럼 뒷일은 젊은 두 분께 맡기고 전 이만……."

"이건 내 맞선이 아니라고 했잖아! 당신, 진짜 불 맛 좀 볼래?!"

어째선지 크리스토프에게 맡기면 면접실이 이브의 맞선 장소로 변모했다.

"너, 딸기 타르트를 무시하는 거야? ……그럼 벨 거야."

"히이이이이이이익?! 사, 사람 살려어어어어어어!"

"리엘, 스토오오오오옵!"

그렇다면 조금 전부터 한 마디도 하지 않고 가만히 앉아만 있는 리엘은 그나마 안전할 거라고 방심했더니, 갑자기 영문을 알 수 없는 이유로 지원자에게 칼부림을 시작하는 판국이었다.

　"아아아아아아아아아, 진짜! 대체 뭐냐구! 이 인간들은!"
　이브의 탄식이 하늘 높이 울려 퍼졌다.
　"아니, 애초에 우리 부서에 사람이 모이지 않는 건 혹시 이 인간들 때문 아냐?!"
　이브는 위가 욱신거리는 것을 견디며 면접을 계속 진행했다.
　그리고―.

　"후우……후우…… 면접이 드디어…… 끝났어."
　마침내 면접심사가 끝나고 이제 남은 건 최종시험뿐이었다.
　결국 이번에도 거의 혼자서 심사를 맡게 된 이브는 몸도 마음도 완전히 지친 상태였다.
　'……이상하네. 조금이라도 내 부담을 줄이기 위한 추가 인원을 확보하려는 거였는데…… 왠지 쓸데없이 내 부담만 늘어난 것 같은 기분이…….'
　아무튼 특무분실 멤버들과 지원자 열 명은 현재 『업마의 탑』 뒤편에 있는 마도 연습장에 집합해 있었다. 참고로 이곳

은 제국 궁정 마도사단에 소속된 마도사들이 전투 훈련을 받는 장소였다.

"이브 씨. 최종시험은 어떤 건가요?"

"뭐, 이런 곳에 집합시켰으니 당신도 어느 정도 눈치는 챘지?"

크리스토프가 질문하자 이브는 지원자들을 슬쩍 쳐다보고 대답했다.

"저들이 마술 전투에서 어떤 식으로 싸우는지 볼 거야."

"음, 전력을 확인하는 건가요."

"맞아. 여기까지 남은 사람들은 지방군의 마도병, 다른 부서의 마도사, 무투파 마술 길드의 마술사, 엘리트 경라관(警邏官) 등 나름 실전경험을 쌓은 실전파들이야. ……어디까지나 서류에 거짓이 없다면 말이지만."

"요컨대, 저치들과 한판 붙어서 실력을 확인하라는 건가…… 좋아!"

그러자 버나드, 리엘, 알베르트, 크리스토프가 살기등등하게 앞으로 나섰다.

"그런 거라면 나한테 맡겨달라고!"

"응. 맡겨만 줘."

"……좋다. 전투라는 게 어떤 건지 가르쳐주지."

"하하하…… 뭐, 살살하죠."

"저리 가, 이 악마들아!"

하지만 이브가 그런 그들을 황급히 제지했다.

"누가 당신들한테 맡길 것 같아?! 그랬다간 다들 자신감이 와장창 박살 날 게 뻔한데! 그냥 얌전히 앉아만 있어!"

"에~."

"이제야 겨우 지옥의 특훈을 거치면 쓸 만해질지도 모르는 인재들이 남은 거거든?! 벌써 망가트리는 건 절대로 용납 못 해! 그러니 내가 상대하겠어!"

하지만 특무분실 멤버들은 그 발언이 뜻밖이었는지 동시에 눈을 깜빡거렸다.

"그, 그럴 수가……. 진성 사디스트인 이브 씨가 신입을 맡겠다고요?!"

"누가 진성 사디스트라는 거야! 누가!"

"그래, 크리 도령. 이브 양 같은 타입은 의외로 마조히스트일지도 모른다고?"

"……버나드. 당신, 감봉이야."

"흐억?!"

"……사디? ……마조? 그게 뭐야? 알베르트."

"도착증적인 성적 기호를 말하는 거다. 타인을 학대하면서 쾌락을 느끼는 인종을 사디스트, 타인의 학대에 쾌락을 느끼는 인종을 마조히스트로 나눠서 구별하는 거지."

"잠깐, 당신! 리엘한테 대체 뭘 가르치는 건데?!"

"난 잘 모르겠지만…… 이브, 변태였어?"

"아니거드으으으으으으으으은?!"

더는 인내심의 한계였다.

"아무튼 그만 시작할게!"

그렇게 해서 이브 실장이 직접 지원자들의 실력을 측정하는 모의 마술 전투가 시작되었다.

"《빙랑의 조아(爪牙)여》!"

사납게 들이치는 눈보라.

"《울부짖어라 불꽃 사자여》!"

거칠게 소용돌이치는 불꽃.

지원자의 주문과 이브의 주문이 정면에서 격돌했다.

"뭐야! 그 정도로 내 불꽃을 뚫을 수 있을 것 같아?!"

"큭! 그럼…… 《정지하라》…… 《얼어붙은 세계》!"

이번에는 지원자가 특수한 구절을 추가한 주문을 영창했다.

"……?! 《불꽃의 벽이여》!"

이브는 반사적으로 자신의 주위에 불꽃 장벽을 펼쳤지만 단숨에 절대영도까지 떨어진 기온 때문에 완전히 소멸하고 말았다.

"훗…… 어떻습니까!"

"……제법이네. 위력을 증폭하는 추가 구절과 막대한 마력을 추가로 소비해서 단 한 소절로 B급 수준의 위력을 가진 마술을 성공시키다니. ……그게 당신의 비장의 기술이라는 거지?"

결과적으로 이브는 완전히 궁지에 몰리고 말았다.

"이제 됐어. 마도사 쥬도. 당신의 힘은 충분히 파악했으니까. 아니, 더 싸웠다간 내가 위험하겠어."

"예?! 그럼……."

"응. 대련은 이걸로 종료. 당신의 힘은 충분히 평가할 가치가 있어. 이젠 쉬면서 결과가 나오는 걸 기다리도록 해."

"아, 예! 감사했습니다!"

지원자는 고개를 숙이고 물러났다.

"그럼 다음. 마도사 엘레나. ……앞으로 나와."

"예! 그럼 잘 부탁드리겠습니다!"

"사양하지 말고 당신의 힘을 나에게 마음껏 보여줘."

"예! 그럼…… 《춤춰라·은영(銀影)》!"

다음 지원자가 주문을 영창하자 허리에 찬 세검이 혼자서 검집에서 빠져나와 이브를 향해 날아들었다.

"하아아아아아아아아앗!"

"흐응~? 염동계 백마술에 의한 사물의 원격 정밀 조작…… 그게 당신의 특기인가 보네?"

주위를 고속으로 날아다니는 세검의 궤적이 시야를 그물망처럼 찢어놓자, 이브는 주문을 외울 틈도 없이 회피에 전념해야만 했다.

"……이브, 어디 아픈 거야?"

하지만 멀리 떨어진 곳에서 그 모습을 지켜보고 있던 리엘은 갑자기 그런 의문을 입에 담았다.

"아까부터 뭔가 이상해. 원래 이브라면 저런 약해 보이는 애들쯤은 단숨에 해치울 수 있을 텐데."

그리고 진심으로 이상하다는 듯 고개를 갸웃거렸다.

"걱정하지 마라, 리엘."

그러자 버나드가 그녀의 머리를 우악스럽게 쓰다듬으며 설명했다.

"이브 양은 말이지. 지원자들의 실력을 보고 싶은 거란다. 하지만 진심으로 싸우면 단숨에 승부가 나버려서 볼 수 없겠지. 그래서 일부러 봐주면서 싸우고 있는 거야."

"……그런 거야?"

"그건 그렇고…… 참 절묘한 기술이네요."

크리스토프도 대화에 참가했다.

"저래서야 이브 씨의 진짜 실력을 모르는 사람이 보면 실은 봐주고 있다는 걸 전혀 눈치채지 못할 겁니다."

"그렇겠지. 우리도 방심하면 이브 양의 실력이 떨어졌다고 착각할 것 같으니 말이다. 아마 외부인이라면 절대로 알아차리지 못하겠지."

"지원자들의 체면을 지켜주는 동시에 실력까지 최대로 끌어내다니…… 정말 대단하네요."

"……흥. 원래 저 여자는 공적과 전과에만 집착하지 않으면 관리자로서 나름대로 우수한 편이긴 해."

말투는 신랄했지만 알베르트도 어느 정도는 이브를 인정

하고 있는 모양이었다.

"아하하. 이브 씨는 언뜻 보기엔 냉정하고 제멋대로인 데다 성가신 사람이지만, 의외로 남을 돌보기 좋아하는 따뜻한 일면도 있는 분인걸요."

"참 나…… 그런데 글렌 도령 앞에서는 왜 그런 면모를 조금도 드러내지 않는 건지 도통 알 수가 없다니까……?"

특무분실 멤버들이 그렇게 한탄하고 있을 무렵.

'……흐응. 끝까지 남은 만큼 재능은 제법 쓸 만하네. 개인적으론 좀 더 질이 좋은 인재였으면 좋았겠지만.'

이브는 계속 상대를 바꿔가며 싸우는 와중에도 속으론 이런 생각을 하고 있었다.

'하지만 이 정도면…… 잘 훈련시키면 좋은 장기말이 되겠어. 흥! 어디 두고 보라구, 글렌! 당신 같은 삼류 마술사가 없어도 난……!'

마침 그 순간—.

"이봐, 이브! 대체 어떻게 된 거야?! 아까부터 이상하게 고전하고 있잖아!"

마도 연습장 구석에서 예상치 못한 불청객들이 등장했다.

전투 전문 부서 제1실의 실장 크로우 오검과 그의 난폭한 부하들이었다.

"거 참, 이상하네~. 이브! 네가 그렇게 약했던가?!"

워낙 눈치가 없기로 유명한 크로우는 약한 척하는 이브의 모습에 아무래도 진심으로 놀란 듯했다.

"엥?! 뭐야 저게! 그 유명한 특무분실 실장님도 실은 별거 아니었구만!"

"저 정도 수준이면 차라리 내가 더 강하겠어!"

""""꺄하하하하하하하하하하!""""

전투 외에는 맹탕인 제1실의 바보들도 약한 상대에게 고전 중인 (것처럼 보이는) 이브의 모습을 보더니 배를 잡고 폭소하기 시작했다.

"저, 저것들이~!"

이브도 그 평가를 듣고 내심 화가 났지만 일단 대련에 집중하며 지원자의 전격을 화염구로 요격했다.

"어어어어?! 고작 저딴 주문을 네 특기인 불꽃으로 막는 거야?! 너, 진짜로 실력이 떨어진 거냐?!"

"꺄하하하하! 이브 씨의 저 꼴사나운 움직임 좀 보라고!"

"하하~! 불꽃 한 번 끝내주게 잘 다루시는구만요!"(국어책 읽기)

"과연 이그나이트(웃음)!"

완전히 착각에 빠진 크로우가 한탄했고 부하들은 거침없이 이브를 모욕했다.

'……참자…… 참아……!'

이브는 이를 꽉 물고 관자놀이에 힘줄을 세우며 참았다.

'싸우는 것밖에 할 줄 모르는 저딴 바보들은 무시해, 이

브! 넌 이번 기회에 어떻게 해서든 우수한 장기말을 손에 넣어야 해!'

지원자들과 계속 대련을 해주면서 갖은 모욕을 견뎠다.

"야, 이브! 이 멍청아! 거기선 주문이 발동하기 전에 불꽃으로 봉쇄해야 하는 타이밍이잖아! 대체 뭘 멍하니 있는 건데! 싸울 맘이 있긴 한 거야?!"

"꺄하하하하하하! 저게 실장이라니…… 정말 괜찮은 거냐?! 특무분실!"

"어라라~? 차라리 내가 대신 실장을 맡아줄까?!"

하지만 이브의 그런 속내를 알 리 없는 제1실의 멤버들은 비난을 멈추지 않았다.

"혹시 실장이 저 정도면…… 특무분실 녀석들도 실은 약해빠진 거 아냐?"

"하긴 그럴지도~? 늘 지들이 제국 궁정 마도사단 최강이라고 떵떵거리지만, 역시 최강은 우리였던 거지~!"

"애초에 저걸 좀 보라고! 저 특무분실 녀석들의 비실비실한 꼬락서니를!"

"강자다운 분위기가 전혀 안 느껴지는걸요!"

그러다 마침내 크로우를 제외한 제1실 멤버들은 멀리서 이브를 지켜보는 특무분실 멤버들까지 웃음거리로 삼기 시작했다.

"그러고 보니 그거 알아? 이브 실장이 예전에 특무분실에서 삼류 마술사를 부려먹은 적이 있었다는 거!"

'참자, 참자…….'

"아아! 분명 이름이…… 글렌 레이더스라고 했던가?"

"확실히 그런 아무런 장점도 없는 잔챙이를 부려먹는 시점에서 특무분실의 수준 따위 뻔할 뻔자지!"

'참자…… 참아…….'

"그딴 잔챙이는 몇 백 명이 몰려와봤자 내 고속 주문 영창의 적수가 못 돼!"

'……참아, 이브……!'

"심지어 어느새 여기서 도망친 겁쟁이 자식이잖아?"

'……참……아……!'

"그 놈, 요즘은 뭐하고 산대냐?"

"꺄하하하하! 어차피 변변찮은 인생이나 보내고 있겠지 뭐."

빠직!

그 순간, 이브의 안에서 뭔가가 끊어졌다.

"내……."

그녀는 주문도 영창하지 않고―.

"……부하를……."

양손으로 압도적인 화력을 자랑하는 불기둥을 하늘을 향해 내뿜은 후―.

"무시하지 마아아아아아아아아아아아아아아!"

그대로 제1실 멤버들의 머리 위로 떨구었다.

"""으아아아아아아아아아아아아아아아아아아아아악!?"""

카운터 스펠

그러자 간신히 대항 주문을 영창한 크로우를 제외한 전원
은 거친 폭염과 열파에 휩쓸린 채 저 멀리 날아가버리고 말
았다.

"권속비주(眷屬秘呪)【제7원】. ⋯⋯여긴 이미 내 영역이라
는 걸 몰랐나 보네?"

마치 초열지옥처럼 불타오르는 훈련장 한복판에서 마왕이
나 사신(邪神) 같은 위압감과 초고열의 불꽃을 온몸에 두른
이브가 귀기 어린 표정으로 완전히 뻗어버린 제1실 멤버들
을 싸늘하게 흘겨보았다.

그것은 그야말로 종말의 날 같은 광경이었다.

"⋯⋯잘 들어. 지금 여기선 당신들 같은 떨거지들이 몇 백
명이 몰려와도 내 적수가 못 돼. 그러니 목숨이 아깝거든
내 장기말들에게 무례를 사과하고 여기서 꺼져! 지금 당장!"

"히, 히이이이이이이이이익~?!"

"이, 이게 이브 실장님의 진짜 힘?!"

"누, 누구야! 저 괴물이 약하다고 지껄여댄 멍청이는!"

"저딴 걸 상대로 어떻게 이겨? 상식적으로 말이 안 되잖아!"

"그럼 우리가 할 건 단 하나뿐!"

"""하나 둘~ 정말 죄송했습니다아아아아아아~!"""

결국 패배를 인정한 제1실 멤버들은 마치 개미떼처럼 쏜
살 같이 달아나고 말았다.

"뭐야, 이브! 실력이 떨어진 게 아니었잖아! 역시 넌 내 영원한 라이버……."

"《죽어》!"

"우와앗~?!"

그리고 이브는 태양처럼 눈부신 미소를 짓고 엄지를 척 세운 크로우 또한 인정사정없이 불태워버렸다.

"하아……."

"거 참……."

한편, 그런 모습에 완전히 공포에 질린 지원자들을 본 특무분실 멤버들은 그저 깊은 한숨을 내쉴 수밖에 없었다.

며칠 후.

"훌쩍…… 어째서야……. 대체 왜……!"

한손에 사과주스 잔을 든 이브는 업무용 책상 위에 힘없이 엎어져 있었다.

"왜…… 하나같이 합격을 취소해버리는 거냐구! 내가 모처럼…… 히끅."

"그야 뭐, 다들 이브 씨의 그런 무서운 모습을 봐 버렸으니……."

"아니, 그보다 저거 또 사과주스지? 분위기만으로 취하다니 여전히 재주가 좋구만그래."

"특이한 체질이군."

"응. 이브, 이상해."

특무분실 멤버들이 어이없는 눈으로 쳐다봤으나 이브는 무시한 채 계속 사과주스만 홀짝거렸다.

"이렇게 된 이상! 반드시! 언젠가! 글렌을! 다시 불러들이고 말겠어! 히끅…… 두고 보라구, 글렌……!"

취하면 우는 버릇이 있는 이브는 그렇게 크게 외친 후 사과주스를 단숨에 들이켰다.

아무래도 실장님의 우울은 당분간 끝나지 않을 듯했다.

고양이가 된 하얀 고양이

Sistine transforms into a pretty cat

Memory records of bastard
magic instructor

"……즉, 앞서 설명했던 대로 원래 이 물질계에 존재할 수 없는『영혼』을 물질계에 붙잡아두기 위한 그릇……『육체』는『진 코드』라 불리는 염기배열 정보로 구성됐고……. 흐아암~."

여느 때처럼 알자노 제국 마술학원 2학년 2반 교실에서는 글렌이 수업을 진행하고 있었다.

"……따라서 빛을 조작하는 환술이 아니라 육체 그 자체를 재구성하는 타입의 변신 마술이라는 건 이『진 코드』를 개변하는 마술이라고 해도 과언이 아닐…… 흐아아아아암~."

설명 자체는 평소처럼 논리정연해서 무척 이해하기가 쉬웠다.

"아~ 백마 【셀프 폴리모프】…… 변신 마술…… 이건 술자의 육체를 구성하는『진 코드』를 얼마나 정확하게 분석하고, 파악하고 있느냐가 핵심…… 하암~."

"'진짜 졸려 보이네…….'"

하지만 눈밑에 짙은 다크서클을 드리운 채 하품을 쩍쩍하고 있다 보니 학생들은 수업에 전혀 집중할 수가 없었다.

'정말이지…… 오늘은 또 무슨 일이 있었던 걸까?'

시스티나도 턱을 괸 채 의아해 하고 있었고, 이윽고 오늘 수업 종료를 알리는 종소리가 들렸다.

"……헉?! 앗! 벌써 이런 시간이야?! 큰일났다!"

그 소리를 듣고 그제야 겨우 잠기운이 달아난 글렌은 황급히 학생들을 돌아보았다.

"아, 아무튼! 다음 주부터 이 변신마술 실습의 전 단계로, 본인의 혈액에서 진 코드를 마술적인 수법으로 차근차근 분석하고 산출하는 작업부터 시작할 거다! 너희들, 내가 허락하기 전에는 절대로 육체 변화 마술에 손대면 안 된다?! 알겠지?! 명심해!"

그리고 마지막으로 그런 말을 남긴 채 여전히 피곤한 얼굴로 비틀거리며 교실을 나갔다.

방과 후.

"으음~ 다음 주 변신 마술 수업은 진 코드 분석인가……."

시스티나는 그렇게 혼잣말을 하며 약간 난처한 표정을 지었다.

"그게 왜? 시스티?"

"사실 내 진 코드 분석은 예습으로 전부 끝내뒀거든. 그러다 보니 다음 주에는 할 게 없다고 해야 할지……."

"그랬구나! 굉장하잖아, 시스티."

하지만 루미아는 구김살 없는 미소로 솔직하게 찬사를 보냈다.

"와, 그게 정말이야?! 역시 시스티나!"

"진 코드 분석은 엄청 어려운 작업이라며?! 역시 범생은 달라도 뭔가 다르네!"

그러자 우연히 그 이야기를 들은 카슈와 세실도 대화에 참가했다.

"그건 그렇고 육체 변화 계통 변신은 진 코드 관계상 술자에 따라 변신하는 대상의 상성이 다르다면서요? 시스티나, 당신이랑 가장 상성이 좋았던 건 뭐였나요?"

웬디도 그렇게 물어보았다.

"내 진 코드를 분석해본 결과로는 뜻밖에도…… 고양이더라구!"

시스티나가 당당하게 그렇게 대답한 순간—.

'역시나.'

'……역시 그랬군.'

'역시…….'

"뭐, 뭐야! 다들, 그 표정은!"

하지만 반 친구들이 일제히 뜨뜻미지근한 시선을 보내기 시작하자 시스티나는 쩔쩔매며 당황했다.

"잘은 모르겠지만…… 시스티나는 벌써 변신할 수 있다는 거야?"

"음~ 뭐, 그런 셈이지."

리엘이 고개를 살짝 갸웃거리며 묻자 시스티나는 일단 긍정했다.

"이미 내 진 코드를 기반으로 백마 【셀프 폴리모프】 마술식을 조정했으니…… 마음만 먹으면 얼마든지 할 수 있을걸."

역시 이번에도 한두 걸음 앞서가는 그녀의 발언에 반 친구들은 솔직하게 존경 어린 시선을 보내기 시작했다.

"저, 저기! 시스티나! 그럼 지금 변신하는 것 좀 보여주면 안 될까?!"

"응! 나도 진짜 보고 싶어!"

그러자 카이와 로드가 그렇게 졸랐다.

"어……? 하지만 선생님은 아직 쓰면 안 된다고 하셨는데……."

"괜찮아! 학년 수석인 너라면 전혀 문제없을 거야!"

"왠지 어려워 보이는 마술이니까 꼭 한 번 참고해보고 싶다구!"

"부탁할게! 천재!"

친구들이 그렇게 띄워주자 시스티나는 내심 기분이 좋아졌다.

"……어쩔 수 없네. 원래는 절대로 안 되지만…… 이번 조정에는 나름 자신이 있으니…… 딱 한 번뿐이다?"

"저, 저기 시스티? 역시 그만두는 편이……."

루미아가 걱정스러운 얼굴로 말렸지만 시스티나의 귀에는 닿지 않았다.

그리고 그녀는 교실 한가운데로 이동한 후 자신만만한 목소리로 백마【셀프 폴리모프】주문을 영창하기 시작했다.

"《생명의 섭리는 나에게 있으니·만물의 창조주에 반기를 들어·그대의 몸을 바꿔 만들지어다》!"

……

"으음…… 그래서 결국, 원래 모습으로 돌아갈 수 없게 된 거군요?"

자세한 사정을 들은 세실리아 — 교내 법의사 — 는 쓴웃음을 지었다.

"야옹(죄송해요)……"

그러자 루미아에 품에 안겨 있는 시스티나— 아름다운 하얀 고양이가 힘없이 귀와 고개를 늘어트렸다.

이 고양이가 바로 백마【셀프 폴리모프】를 쓴 시스티나였다.

그런 그녀를 걱정스러운 표정으로 안고 있는 루미아의 옆에는 리엘도 있었다. 어느 때처럼 무표정한 그녀도 웬일로 불안한 기색을 드러내며 손에 시스티나의 교복을 들고 있었다.

"으으…… 정말 미안……."

"우리가 무책임하게 부추긴 탓에……."

그 뒤에서는 2반 학생들이 미안한 얼굴로 풀이 죽어 있었다.

참고로 여긴 교내 의무실이었다. 사방이 새하얀 벽과 약품을 보관한 선반으로 둘러싸였고, 안쪽에는 청결한 침대 몇 개가 놓여 있었다.

그리고 한 침대 주위에는 커튼이 쳐 있었고 누군가가 코고는 소리도 들렸다. 아무래도 먼저 온 손님이 있는 모양이다.

"저기, 세실리아 선생님…… 시스티는 원래의 몸으로 돌아올 수 있을까요?"

루미아는 어둡게 가라앉은 얼굴로 그렇게 물었다.

"후훗, 괜찮아요. 걱정하지 마세요."

그러자 세실리아는 걱정을 덜어주려는 듯 일부러 밝은 목소리로 대답했다.

"……실은 매년 이맘때 마다 교사의 말을 안 듣고 멋대로 변신 마술을 연습하다가 원래대로 돌아올 수 없게 된 학생이 꼭 한두 명씩 나오거든요. 하지만 다들, 무사히 원래대로 돌아왔으니 너무 걱정하지 마세요."

"냐앙(정말 죄송해요)~."

그리고 쿡쿡 웃으며 고양이가 된 시스티나를 받아들더니 그대로 진찰대 위에 올려놓았다.

"이런 식으로 마술이 실패한 원인은 대부분 진 코드의 분석이 부족했기 때문이랍니다. 변신까진 성공했어도 원래대로 돌아오는 이미지의 설정이 불완전했던 거죠."

"냐아앙(쿠~웅)."

그 말에 시스티나가 충격을 받고 고개를 떨구자 세실리아는 위로하듯 머리를 쓰다듬어주었다.

"그런 고로 그 진 코드를 제가 지금부터 마술적인 방법으로 수정할 거예요. 하지만 여러모로 준비가 필요한 작업이라

오늘 하루는 여기서 묵어야 할 텐데…… 괜찮으시겠어요?"

"냐아(예)……."

"예, 어쩔 수 없죠. ……그럼 시스티, 힘내."

"응. 힘내."

세실리아의 제안에 시스티나가 고개를 끄덕였고 루미아와 리엘은 고양이가 된 그녀의 머리를 번갈아 쓰다듬어주었다.

"아무튼 여러분, 아무쪼록 명심해주세요. 백마술의 변신은 본인의 육체 그 자체를 재구성하는 무척 섬세한 마술이랍니다. 그러니 수업에서 실습할 때는 담당 선생님의 말씀을 잘 듣고 주의를 기울여주세요. 이번처럼 멋대로 쓰면 절대로 안 돼요."

""""……예.""""

마지막으로 세실리아가 그렇게 상황을 정리하자 학생들은 기운 없는 목소리로 대답한 후 해산했다.

세실리아는 학생들이 떠난 뒤 바로 작업을 시작했다.

일단 진찰부터 시작해서 주사기로 피를 뽑고 그걸 책상 위에 있는 시험관에 넣어서 다양한 마술 시약으로 분석했다.

그리고 거기서 얻은 데이터를 석판형 마도 연산기로 처리하고 검은 안료로 마술 법진을 그린 후, 그 위에 시스티나를 올려놓고 마술 의식을 집행했다.

"자, 이걸로 다 끝났어요."

의식은 순조롭게 성공한 모양이었다.

"진 코드 갱신의 효과가 적용되려면 시간이 좀 걸리니까 한동안 그 모습으로 있어야겠지만…… 으음, 아마 내일 아침이면 자연스럽게 원래 모습으로 돌아와 있을 거예요."

"냐냐앙(정말 고맙습니다, 세실리아 선생님)."

그 설명을 들은 시스티나는 마술 법진 위에서 고개를 꾸벅 숙였다.

"이젠 분명 괜찮겠지만…… 일단 이런 경우에는 제가 밤새 옆에 붙어서 경과를 보는 게 규칙이니까 지루해도 좀 참아주시겠어요?"

"냥, 냐앙(아뇨, 전 신경 쓰지 마세요. 전부 제 잘못인걸요)."

그리고 이번에는 고개를 절레절레 저었다.

"아하하, 전 동물어(語)에는 그다지 자신이 없는 편이라…… 이래서야 무슨 말을 하는 건지 잘 모르겠네요."

세실리아가 쓴웃음을 짓고 마술 법진을 치우기 위해 일어선 바로 그 순간—.

"앗……."

"냐아(세실리아 선생님)?!"

그녀의 몸이 갑자기 휘청거렸다. 자세히 보니 안색도 창백했다.

"으음…… 마력을 너무 많이 쓴 걸까. ……역시 어젠 열두 시간밖에 못 자서 그런지 몸 상태가……."

"냐앙(괘, 괜찮으세요)?!"

"아무튼…… 약……약을……."

늘 복용하는 정체불명의 약을 찾기 위해 세실리아가 다시 걸음을 옮긴 그때였다.

"……커헉?!"

그녀는 느닷없이 화산 폭발처럼 천장을 향해 대량의 피를 내뿜었다.

극도의 병약 & 허약 체질인 세실리아의 특기(?)인 발작이었다.

"냐냐냐앙(세, 세실리아 선생님)~?!"

마치 피가 비처럼 쏟아지는 가운데, 시스티나가 비명을 질렀다.

"쿨룩! 쿨럭! 거, 걱정하지…… 마세요. 커헉! 약……약만 있으면 이 정도쯤은, 푸흡?!"

세실리아는 손으로 가린 입에서 피를 뚝뚝 흘리며 구석에 있는 책상을 향해 마치 좀비처럼 흐느적흐느적 걷기 시작했다.

"냐앙(무, 무리하지 마세요! 세실리아 선생님)!"

시스티나도 재빨리 그 뒤를 쫓았지만 세실리아는 약을 먹기 전에 아무래도 힘이 다한 모양이었다.

"……킥!"

눈을 하얗게 뒤집더니 마치 실이 끊어진 인형처럼 자신의 책상 위로 넘어졌다.

와장창!

그러자 책상 위에 있던 물건들이 바닥에 성대하게 쏟아졌다.

"흐갸?!"

덕분에 시스티나도 약초 화분의 흙을 그대로 뒤집어쓰고 말았다.

이윽고 피바다로 변한 의무실 바닥에 누운 세실리아는 가슴 위에 양손을 맞잡은 채 마치 죽은 사람처럼 정신을 잃고 말았다. 아니, 실제로 이대로 내버려두면 이승에서 영영 하직해버릴지도 몰랐다.

"냐, 냐앙(이, 이걸 어쩜 좋지)?!"

시스티나는 그저 당황할 수밖에 없었다. 이런 고양이의 모습으로는 주문도 쓸 수 없기 때문이다.

"하암~ 뭐야, 시끄럽네 진짜."

촤악!

마침 그 순간, 안쪽 침대에서 커튼을 치고 뻔뻔하게 자고 있던 누군가가 모습을 드러냈다.

"나 원 참, 사람이 모처럼 기분 좋게 자고…… 어? 우와아 아아앗?! 세실리아 선생님?!"

그 인물의 정체는 다름 아닌 글렌이었다.

"흐냐(어, 계셨어요)?!"

그 갑작스러운 등장에 시스티나가 화들짝 놀랐다.

하지만 글렌은 고양이 상태인 그녀에게 눈길도 주지 않고 세실리아에게 달려가 상체를 안아들었다.

"저, 정신 차리세요! 세실리아 선생님! 자, 잠시만 기다리십쇼! 지금 늘 먹는 약을……."

그리고 주위를 둘러봤지만—.

"억?!

바닥에 깨진 채 내용물을 전부 쏟은 세실리아의 상비약들을 보고 당황했다.

"젠장, 이렇게 된 이상 내가 만드는 수밖에! 마술약 조합은 그다지 자신 없지만!"

사실 글렌은 전에 세실리아의 어머니인 제시카로부터 이런 일이 생길 경우를 대비해 이런저런 가르침을 받은 적이 있었다.

아무튼 각오를 다지고 일어나 벽 쪽에 있는 약초 선반을 벌컥 열었다.

그 안에는 건조시킨 약초나 향목을 비롯한 다양한 조합 소재가 든 병이 가득 들어 있었다.

"으음, 세실리아 선생님의 약은 먼저…… 월하초를…… 아, 월하초가 어떤 거더라?"

글렌이 필사적으로 기억을 되새기며 재료를 물색한 순간—.

"냥(이거예요, 선생님)!"

시스티나가 선반 위로 펄쩍 뛰어 오르더니 한 약병을 앞발로 툭 찔렀다.

"웬 고양이가⋯⋯. 앗! 맞아, 이거였지! 이게 월하초였어!"

그 약병을 손에 든 글렌은 바로 약 조합에 착수했다.

⋯⋯.

"좋아, 여기까진 거의 완벽해. 나도 제법인걸?"

글렌은 화로, 냄비, 사이폰, 플라스크 등의 기구를 책상 위에 늘어놓은 채 악전고투하고 있었다.

"다음은 로열 허브를⋯⋯ 로열 허브? 그거라면 분명 이 방에 화분이 있었던 것 같은데⋯⋯."

"냐아(제가 캐왔어요! 이거예요, 선생님)~!"

그러자 이번에도 시스티나가 책상 위로 뛰어오르더니 입에 문 허브를 글렌에게 내밀었다.

"오?! 나이스! 잘했어, 고양아!"

이렇게 시스티나가 약초에 관한 지식이 부족한 편인 글렌을 보조하는 식으로 작업이 진행되었다. 그리고—.

"후우⋯⋯ 이걸로 완성이군."

침대에 누운 세실리아에게 긴 부리가 달린 유리그릇으로 조합한 약을 먹인 글렌은 그제야 비로소 안도의 한숨을 내쉴 수 있었다.

제시카에게 배운 약의 효능은 그야말로 굉장했다. 마치 시체처럼 잠든 세실리아의 안색은 금세 좋아졌다.

"이젠 괜찮겠지."

"냐아(다행이다)⋯⋯."

"그건 그렇고⋯⋯ 너, 고양이 주제에 제법이다? 아마 네가 없었으면 이렇게 빨리 약을 만들지 못했을 거야."

글렌은 침대 옆에서 예의바르게 네 발로 앉은 시스티나의 머리를 쓰다듬어주었다.

"냐, 냐아⋯⋯."

"아니, 그보다 웬 고양이지?"

하지만 곧 이제야 생각이 났다는 듯 시스티나의 얼굴을 양손으로 붙들고 확인했다.

"흐냐(아, 아앗! 그리고 보니 선생님은 내가 고양이가 된 걸 모르고 계시잖아)⋯⋯?!"

시스티나가 어쩔 줄 몰라 했지만 글렌은 개의치 않고 그녀의 몸을 양손으로 훌쩍 들어올렸다.

"목걸이가 없는 걸 보니 주인은 없는 것 같은데⋯⋯ 하긴, 딱 봐도 털이 꼬질꼬질한 데다 벼룩도 많을 것 같으니 당연한가. ⋯⋯윽, 더러워라."

"냐, 냐아(더, 더러워)?! 냐아! 냐아(이건 방금 흙을 뒤집어써서)⋯⋯!"

시스티나가 맹렬히 항의했지만 인간인 글렌에게는 고양이의 말이 통할 리 없었다.

"앗, 야! 가만히 좀 있어 봐! 아니, 그건 그렇고⋯⋯."

글렌이 갑자기 얼굴을 들이밀더니 시스티나를 지그시 관찰했다.

"냐아(뭐, 뭐죠)~?"

"아니, 너…… 꼴이 지저분하긴 해도 자세히 보니 엄청 예쁘게 생겼는데?"

"흐냐(예, 예뻐)?!"

물론 고양이로서 예쁘다는 의미였지만 당사자는 너무 놀라서 거기까지 생각이 미치지 못했다.

"냐, 냐앙……."

"뭐야? 혹시 쑥스러워하는 거야? 설마……."

갑자기 고양이가 얌전해지자 글렌은 쓴웃음을 지었다.

"아무튼 이번엔 네 도움을 받았으니…… 흐음."

그러다 시스티나의 모습을 다시 한 번 훑어본 후 의미심장하게 웃었다.

"……어쩌면 이건 뜻밖의 소득일지도."

"냥?"

"좋아. 너, 나랑 같이 우리 집에 가자!"

"냐아?!"

이 예상치 못한 전개에 시스티나는 기겁할 수밖에 없었다.

"우리 집에 가면 맛있는 밥을 잔뜩 먹여줄게! 어때?"

"냐아(자, 잠깐만요! 선생님! 전)……!"

"크흐흐흐…… 그리고 보니 얼마 전 뉴스에서 본 캣쇼의 상금이 어마어마했었지……?"

참고로 캣쇼는 고양이를 사랑하는 귀족들이 모여서 자신들이 키우는 고양이의 혈통과 용모의 아름다움을 겨루는 대회였다.

"이 녀석이라면 페지테 각지에서 우승을 노리는 것도 충분히 가능해. 그럼 상금도 듬뿍…… 그래! 이 녀석은 돈이 되는 나무야! 집에 가면 당장 혈통서부터 위조해야지!"

"흐냐앗(또 그런 변변찮은 짓거리를?! 애초에 전 진짜 고양이도 아니란 말예요)~!"

그때였다.

"……으, 으음~ 어머? 글렌 선생님?"

마침 정신이 든 세실리아가 천천히 침대에서 몸을 일으켰다.

"아, 깨셨군요! 세실리아 선생님."

"냐! 냐아(도, 도와주세요! 세실리아 선생님)!"

"으음…… 제가 또 쓰러져서…… 글렌 선생님이 봐주신 거군요? 매번 죄송합니다……"

"하하, 이 정도쯤은 신경 쓰지 마십쇼! 그나저나 기분은 좀 어떠세요?"

"예, 이젠 괜찮아요. 걱정을 끼쳐서…… 응?"

그녀는 그제야 글렌이 고양이를 안고 있는 것을 눈치챘다.

"후훗, 귀여워라……. 웬 고양이인가요? 글렌 선생님."

"냐앗(어라)?!"

세실리아의 백치미가 느껴지는 미소를 본 시스티나는 불길한 예감에 사로잡혔다.

　"저기, 실은 아까부터 여기 있던데…… 선생님이야말로 짚이시는 곳은 없으세요?"

　"예, 전혀요."

　"냐아아아아앗(설마 또 기억이 날아가신 거야)~?!"

　기절한 충격 때문일까, 아니면 약 조합에 문제가 있었던 걸까.

　세실리아는 조금 전의 일을 하나도 기억하지 못하고 있었다.

　"그렇습까. 그럼 제가 데려가서 키워도 문제없다는 거죠?! 하하, 실은 왠지 불쌍해서 도저히 못 본 척할 수가 없더라구요~."

　"후훗, 글렌 선생님은…… 역시 좋은 분이시군요."

　"냐아(아니에요)! 냐아(이 인간은 또 변변찮은 계획을 꾸미고 있는 것뿐이라구요)!"

　"아, 그 아이도 기뻐하는 것 같네요. 분명 글렌 선생님이 좋은 분이시라는 걸 아는 거겠죠."

　"냐아아아아(아~니~라~니~까~요)~!"

　"아무튼 세실리아 선생님도 무사히 정신을 차리신 것 같으니 전 이대로 이 녀석을 데리고 퇴근하겠습니다! 그럼 이만!"

　"으냐~아(사~람~살~려)~!"

　그렇게 해서 글렌은 다리를 버둥거리며 저항하는 시스티

나를 한 손으로 단단히 고정한 채 바람처럼 의무실을 뛰쳐나갔다.

"······그러고 보니······ 뭔가 중요한 일을 잊은 것 같은데······."

그리고 혼자 남겨진 세실리아는 혼잣말을 중얼거리며 고개를 갸웃거렸다.

고양이가 된 시스티나가 글렌의 완력에 저항하는 건 도저히 무리였다.

"다녀왔습니다~!"

그녀는 그야말로 눈 깜짝할 사이에 아르포네아 저택까지 연행되고 말았다.

"냐, 냐아(이, 이걸 어쩌지)······."

뒤에서 철컥 소리를 내며 굳게 닫히는 현관문, 밖에서 본 바로는 열린 창문도 없었다.

그야말로 사면초가의 상황.

'이, 이렇게 된 이상 루미아랑 리엘이 눈치채고 구하러 와주는 걸 기다리는 수밖에······.'

분명 아까 다시 학교에 만나러 와준다고 했었고, 와서 세실리아 선생님에게 사정을 들으면 행선지도 바로 알 수 있을 터.

시스티나가 그렇게 비장한 각오로 마지막 희망에 매달린 순간이었다.

"이봐, 글렌. 그 고양이는 뭐냐?"

저택 안쪽에서 나온 세리카가 어이없는 표정으로 물었다.

"또 살아있는 걸 주워오다니…… 너란 녀석은 정말 어릴 때랑 변한 게 없군."

"냐아(아르포네아 교수님)~!"

갑작스러운 구세주의 등장에 시스티나는 글렌의 품에서 거칠게 빠져나와 세리카를 향해 달려갔다.

"냐아! 냐아! 냐아(저 좀 도와주세요! 교수님이라면 제 정체를 눈치채셨겠죠)~?"

"응? 너……?"

세리카는 눈을 가늘게 뜨며 시스티나를 두 손으로 번쩍 들어올렸다.

"변신 마술인가? 이 진 코드로 봐선…… 그리고 이 법의술 치료 방식…… 이런 게 가능한 술자라면…… 아항~ 그런 거였군."(중얼중얼)

"냐앙(다행이다! 역시 눈치채셨군요?! 예, 저예요! 저 좀 도와주세요)~!"

시스티나는 기쁨의 환호성을 터트릴 수밖에 없었다.

"으응~? 뭐야, 세리카. 혹시 아는 고양이야?"

"아니, 전~혀."

하지만 그렇게 시치미를 떼는 세리카의 입가에는 딱 봐도 소악마 같은 장난스러운 미소가 드리워져 있었다.

"아무튼 글렌, 네가 주워온 거니 오늘 밤은 책임지고 잘 돌봐줘라!"

"응? 오늘 밤? 그게 대체 무슨 소리야?"

"글쎄? 세실리아의 실력은 역시 알아줄 만하다고 생각한 것뿐이야."

세리카는 애써 웃음을 참으며 말했다.

"냐아아아아아아아아(역시, 이 사람, 일부러, 이러는 거지?! 날 놀리려고)!"

"훗…… 만약을 위해 루미아에게 사역마로 전령을 보내둬야겠군. ……『걱정하지 마, 나한테 맡겨둬, 병문안은 필요없어』라고."(중얼중얼)

"냐~냐냐아아아아아(안~돼애애애애애애)~?!"

"야, 그 녀석. 네가 싫은가 본데? 막 버둥거리고 있잖아. 그만 좀 놔줘라."

하지만 그런 사정을 전혀 모르는 글렌은 세리카에게 가볍게 핀잔을 주었다.

"아무튼 난 전에도 말했다시피 지금부터 제도에 출장을 다녀올 예정인데…… 둘이서 사이좋게 지내도록 해."

"알았어. 이 녀석은 돈이 되는 나무……가 아니라 집도 없는 불쌍한 고양이니까! 내가 인간의 따스함이 어떤 건지 똑똑히 가르쳐주겠어!"

"냐아(그런 돈에 눈이 먼 표정으로 말해봤자 설득력이 전혀 없거든요)?!"

"아, 맞아. 너, 그 녀석한테 손을 대면 안 된다? ……풉!
큭큭큭!"

"……엥? 세리카, 너. 지금 진심으로 하는 말이야? 난 그
런 변태가 아니라고. 솔직히 기분 나쁘거든?"

마지막으로 그런 영문 모를 말을 남긴 세리카는 웃음을
참으면서 저택을 나갔다.

"아, 리엘."

"왜? 루미아."

"방금 아르포네아 교수님께서 연락하셨어. 시스터는 지금
의무실이 아니라 교수님댁에 있대."

"세리카네 집?"

"세실리아 선생님의 몸 상태가 나빠지시는 바람에 교수님
께서 대신 봐주시겠다나 봐."

"응. 그래. 그럼 안심이네."

"사정이 있어서 내일 아침까지는 면회 사절이라고 하니
까…… 아침이 되면 둘이서 같이 시스터를 데리러 가자."

참고로 그 무렵 피벨 저택에서는 시스티나의 마지막 희망
을 완전히 분쇄되는 대화가 이루어지고 있었다.

그렇게 세리카가 출장을 떠나고 저택에 두 사람(정확히는

한 사람과 한 마리)만 남게 되었다.

"좋아! 밥 먹기 전에 일단 목욕부터 하자!"

글렌이 대뜸 그런 말부터 꺼내자 시스티나는 한층 더 큰 혼란에 빠졌다.

"흐갸(목욕)?!"

"어째 너, 흙투성이인 데다…… 왠지 벼룩도 있을 것 같으니까 말이지. 그런 꼴로 집 안을 막 돌아다니면 곤란하거든."

"냐아(그러니까)! 냐아(이건 그런 게 아니래두요)!"

"걱정하지 마. 실은 개나 고양이를 씻기는 건 어릴 때부터 자주 해서 익숙하니까. ……뭐, 마음 놓고 맡겨봐."

그건 다시 말해…… 아무리 고양이가 됐다지만 글렌이 자신의 몸을 마음껏 만져댈 거라는 뜻이었다.

"냐~앗(말도 안 돼)!"

시스티나는 바로 도주를 시도했다.

"웃차!"

하지만 움직임을 완전히 읽은 글렌에게 간단히 붙잡히고 말았다.

아무래도 동물을 다루는 것에 익숙하다는 말은 사실인 모양이었다.

"안심하래두. 무서워할 것 없어. 내가 아주 부드럽고 꼼꼼하게 씻겨줄 테니까!"

"으냐아아아아아아아(누가~ 저 좀~ 구해주세요)~!"

시스티나는 그렇게 저항할 틈도 없이 욕실로 연행되고 말았다.

새하얀 대리석으로 만들어진 아르포네아 저택의 호화로운 욕실은 무척 넓었다.

거대한 욕조에는 뜨거운 물이 넘실거렸고 하얀 수증기도 가득했다.

"좋아! 그럼 얼른 씻자!"

"냐아아아아아아(왜 선생님까지 벗으신 건데요)~?!"

그리고 지금 그 안에는 인간 한 명과 고양이 한 마리만 서 있었다.

"아니, 이왕 하는 김에 나도 좀 씻으려고."

참고로 글렌은 허리에 수건만 한 장 걸친 상태였다.

몸 여기저기에 오래된 상처가 있기는 해도 마치 고대 조각상처럼 단련된 아름다운 육체는 사춘기 소녀에게 자극이 너무 심했다. 도저히 직시할 수가 없었다.

"냐냐냥(이젠 무리예요! 전 밖에)……."

"영차."

다시 시스티나가 도주를 감행했지만 이번에도 간단히 붙잡히고 말았다.

"냐냐냐아~?!"

"진짜 생각이 알기 쉬운 고양이네. ……마치 누구 씨처럼."

글렌은 한 손으로 시스티나를 든 채 웃으면서 벽 근처에 다가가 샤워기의 밸브를 돌렸다.

 저수조에서 파이프를 통해 탱크로 끌어올린 물을 석탄으로 가열하고, 찬물을 섞어서 온도를 조절하는 가이저 (Geyser)라는 순간 온수 시스템 덕분에 샤워기에서 곧 적당한 온도의 물이 쏟아지기 시작했다.

 "냐아~! 냐아~!"

 흙투성이가 된 털을 부드럽게 적시는 따스한 물.

 글렌은 손으로 단단히 고정한 상태인 시스티나의 등에 비누를 대고 거품을 내기 시작했다.

 "냐, 냐아(자, 잠깐만요. 아, 안 된다구요……. 이, 이런 건 좋아하는 사람이랑)……."

 그리고 마치 준비운동이라도 하는 것처럼 손으로 뭔가를 움켜잡는 동작을 반복했다.

 "좋아! 먼저 배부터 제대로 씻겨볼까!"

 "흐냐아아아아아아아아아아아아아아아앗~!"

 그러자 고양이의 슬픈 울음소리가 넓은 욕실 안에 울려 퍼졌다.

 "냐앙(안 돼)! 냐아아아아앙(안 돼애애애애애애)~!"

 "야, 가만히 좀 있어! 다음은 앞다리!"

 "냐아(싫어)~! 으냐앙(제발 그만하세요! 뭔가 막 이상한 기분이 든다구요)~!"

"꼬리도 씻겨야겠군."

"흐냣(히익)?! 우냣(뭔가 막 오싹오싹해애애애애)?!"

"목덜미…… 가슴…… 엉덩이……."

"으갸앗(흐이익)~?! 냐(아앙)~! 냐(앙! 거긴 앙대애애애)~!"

"귀……."

"냐앙(까악)?!"

"그리고……."

쓱싹쓱싹문질문질쓱싹쓱싹문질문질.

잠시 후.

"후욱! 후욱!"

목욕이 끝난 시스티나는 거실 한 구석에서 눈물을 글썽이
며 몸의 털을 전부 곤두세운 채 글렌을 위협하고 있었다.

"……경계심을 제대로 샀나 보네."

글렌은 그런 시스티나를 게슴츠레한 눈으로 쳐다보았다.

"참 나, 그렇게 목욕이 싫었어? ……인정사정 없구만."

그리고 팔에 생긴 할퀸 상처에 치료용 연고를 바르며 퉁명
스럽게 중얼거렸다.

"후욱! 후욱!(으으…… 더럽혀졌어. 내 몸 구석구석 남자의
손길이 닿아버렸어……. 이젠 시집도 못 가……)"

하지만 현기증과 동요로 완전히 혼란에 빠진 시스티나는
글렌의 반응을 신경 쓸 여유가 전혀 없었다.

"그건 그렇고…… 정말 몰라보게 변했네."

그런 시스티나의 복잡한 심경을 알 리 없는 글렌은 그저 감탄할 수밖에 없었다.

"설마 이렇게 예쁜 고양이였을 줄은……."

더러움을 전부 씻어내고 온풍 마술로 완벽히 말린 시스티나의 털이, 무심코 손이 갈 정도로 푹신푹신해 보이는 데다 달빛을 반사해서 은은하게 빛나는 첫눈처럼 무척 아름다웠기 때문이다.

"너처럼 예쁜 고양이는 진짜 태어나서 처음 봐. 역시 데려오길 잘했어!"

"후욱(닥치세요! 이 인간 쓰레기)!"

"흐음…… 마침 털도 하얀색이니…… 좋아! 네 이름은 오늘부터 시스티나야! 왠지 분위기도 그 녀석이랑 똑같으니까! 알겠지? 시스티나!"

"흐갸앗(남의 이름을 함부로 가져다붙이지 마세요)! 냐냐냥(아니, 그보다 왜 이럴 때만 이름으로 부르시는 거죠?! 순서가 완전히 반대잖아요, 반대)!"

"우와아아아아아앗?! 야, 물지 마! 아프다고!"

시스티나가 잽싸게 달려와 발을 덥석 물어버리자 글렌은 고통스럽게 비명을 질렀다.

한 명과 한 마리의 밤은 그렇게 저물어갔다.

"자, 기다리던 밥이야. 먹어."

글렌은 신선하게 물이 오른 날생선을 접시에 담아 시스티나의 눈앞에 내려놓았다.

"하하, 오늘 마침 시장에 물 좋은 생선이 들어왔……."

"흐냐아아아아앗(이걸 대체 어떻게 먹으라는 거예욧! 하다못해 불에 구워서 가져오시라구요! 불에)!"

"으아아아아아앗?! 아파! 아프다고! 물지 마! 할퀴지 마! 미안! 내가 잘못했어! 제대로 요리해서 가져올 테니까 용서해줘!"

"거 참, 손이 많이 가는 아가씨구만."

식당의 테이블 앞에 앉은 글렌은 접시에 담은 뫼니에르(Meuniere)를 포크와 나이프로 잘게 썰었다.

"자, 먹어."

그리고 포크로 찔러서 앞으로 내밀었다.

"냥♪"

그러자 눈앞에 있던 시스티나가 그것을 덥석 입에 물었다.

그 광경을 마른침을 삼키며 지켜본 글렌은 곧 안도의 한숨을 내쉬었다.

"냐아(그럭저럭 괜찮네요)……."

"후우~ 이제야 먹는군. 진짜 주문도 많은 녀석이네. ……

요리라니, 대체 얼마 만에 하는 거지?"

"냐아(얼른 더 주기나 하세요. 지금 전 고양이라 손을 쓸 수 없는걸요. 먹여주시지 않으면 먹을 수가 없다구요)~."

시스티나는 턱을 괸 채 지친 얼굴로 한숨을 내쉬는 글렌의 뺨을 앞발로 툭툭 찔렀다.

"더 달라고? 알았다, 알았어. ……요 건방진 녀석 같으니라고."

글렌은 다시 잘게 썬 생선을 시스티나의 입가에 가져다주었다.

역시 오늘 이런저런 일을 겪느라 배가 고팠는지 평소보다 훨씬 맛있게 느껴졌다.

"냐아(후우, 배가 부르니 이제야 좀 살겠네요)~."

"그건 그렇고 시스티나…… 넌 고양이 주제에 기품이 너무 넘치는 거 아니냐? ……그런 점은 역시 하얀 고양이 녀석이랑 똑 닮았구만."

"으냐(……대체 어디부터 지적해야 좋을지 모르겠네요. 뭐, 이젠 저도 포기했지만)~."

시스티나가 게슴츠레한 눈으로 노려보는 한편, 글렌은 개의치 않고 수프를 숟가락으로 퍼서 후후 불었다.

"자."

"냐아……."

그러자 시스티나는 작은 혀를 내밀고 수프를 할짝할짝 핥기 시작했다.

하는 짓은 완전히 고양이인데 역시 왠지 모르게 기품이 느껴지는 모습이었다.

그것을 본 글렌은 무심코 흐뭇한 웃음이 흘러나왔다.

"시스티나…… 넌 참 귀엽구나."

"냐아?!"

예상치 못한 기습 공격에 시스티나는 한순간 넋을 잃고 말았다.

"모처럼 캣쇼에 내보내서 돈 좀 벌어볼까 했는데…… 어쩔 수 없지. 그건 귀여운 네 모습을 봐서 참아줄게."

"냐, 냐아?(귀, 귀여워? 내가? ……하, 하지만 그건 고양이로서 귀엽다는 뜻일 텐데…… 아으으으으~.)"

평소에는 절대로 이름으로 불러주지 않는 글렌이 오해라곤 해도 제대로 이름을 불러줬고 귀엽다는 말까지 해주자, 시스티나는 놀라서 제정신을 유지할 수가 없었다.

"후~ 후~ 자, 더 먹어."

머리 위로 수증기를 뿜을 듯한 기세로 당황한 시스티나의 코앞에 글렌이 다시 숟가락을 내밀었다.

하지만 지금까지는 고양이니까 어쩔 수 없다고 받아들였던 그 행위에 엄청난 위화감이 느껴지기 시작했다.

글렌 본인은 애완동물에게 먹이를 주는 감각이었겠지만 따지고 보면 이건 서로 사랑하는 사람끼리 할 법한 행위였기 때문이다.

"냐냐냐냐냥(이, 이젠 됐어요! 그냥 제가 직접 먹을게요)!"

"앗?! 잠깐, 그쪽은……!"

시스티나는 글렌이 말리는 것도 듣지 않고 접시로 달려가 혀를 내밀었다.

"으냐아아아아아아앗(뜨거워어어어어어어)?!"

"이 바보야! 고양이가 뜨거운 걸 혀에 대면 어떡해!"

하지만 다음 순간, 혀에 격통을 느낀 그녀는 테이블 위를 데굴데굴 구를 수밖에 없었다.

글렌과 고양이가 된 시스티나.

한 명과 한 마리의 밤은 그렇게 소란스럽게 저물어갔다.

그리고 자정을 지난 심야.

"냐아앙(조금만 더…… 조금만 더 참으면 인간의 모습으로 돌아갈 수 있어)……."

익숙하지 않은 동물의 모습으로 하루를 보내느라 지친 시스티나는 힘없는 걸음걸이로 아르포네아 저택의 복도를 걷고 있었다.

"냐아(내가 왜 이런 꼴을…… 이게 다 선생님 때문이야)……."

글렌이 들었으면 불합리하다고 항의했겠지만 그런 건 알 바 아니었다.

"냐아(선생님의 수업 진도가 늦으니까…… 내가 이런 꼴을)……."

마침 그 순간, 복도 너머에 있는 방의 문틈 사이로 새어나온 램프의 흐릿한 불빛이 눈에 들어왔다.

저곳은 분명 글렌의 방이었을 터.

"냐아(저 인간, 아직도 안 자는 거야? 저러니까 수업 진도가 늦는 거라구)……."

고양이 몸만 아니었다면 호되게 설교했으리라.

'이런 밤늦게까지…… 대체 뭘 하는 걸까?'

시스티나는 문틈 사이로 몸을 밀어 넣었다.

그렇게 방 안으로 들어가자 가장 먼저 책상 앞에 앉아서 열심히 뭔가를 하고 있는 글렌의 등이 눈에 들어왔다. 그 책상 위에는 책들이 마치 탑처럼 높이 쌓여있었다.

"……이렇게 해볼까? 이거라면…… 아니…… 하얀 고양이의 마력과 마술특성이라면…… 이 방법이 더……."

글렌은 책을 한 손에 든 채 완전히 집중하고 있었다.

'……?'

시스티나는 그런 그의 등을 의아한 눈으로 물끄러미 바라보았다.

"하아암~ 졸려……. 오, 뭐야. 왔어, 시스티나?"

그러자 하품을 하면서 기지개를 켜던 글렌이 그제야 그녀가 방 안에 들어온 것을 눈치채고 말을 걸었다.

"냐아(뭐하세요)~?"

"뭐하냐고? 하하하, 그냥 좀……."

글렌은 그녀의 몸을 들어서 책상 위에 올려주었다.

그러자 곧 양피지 위에 빼곡하게 적힌 마술식이 눈에 들어왔다.

"냐(이건)……."

"하하하! 하긴, 고양이인 네가 알아볼 수 있을 리 없겠지."

글렌은 구김살 없이 웃으며 시스티나에게 설명을 시작했다.

"사실 나한텐 학생, 아니, 제자 같은 녀석이 있어. ……엄청 건방진 애지만."

"……!"

"흑마 【슈레드 템페스트】……. 이건 앞으로 내가 그 녀석에게 가르칠 예정인 주문이야. 그 녀석의 새로운 힘이지. 어려운 마술이지만, 지금의 그 녀석이라면 틀림없이 습득할 수 있을 거야. 그래서 난 그걸 좀 더 배우기 쉽고 다루기 쉽게 조정하는 중인 셈이지."

"냐아(예)……?!"

"거기다 요즘엔 마술사로서 성장기가 온 것 같더라고. 그래서 이런저런 특훈 메뉴를 새로 짜보고 있었어."

그 말을 들은 시스티나가 주위를 둘러보자 확실히 아직 쓰다 만 스케줄 표 같은 종이가 눈에 들어왔다.

글렌은 그런 시스티나의 머리를 쓰다듬으며 말했다.

"난 마술을 싫어하지만…… 그 녀석을 가르치는 건 솔직히 즐거워. 분명 그 녀석이라면 장래에 나 같은 건 발끝에도 못 미치는 굉장한 마술사가 되겠지. ……분명 내가 이루지 못했던 일들을 해낼 것 같은…… 그런 예감이 들어."

"냐아(선생님)……."

"그런 이유로 요즘 매일같이 날을 새다 보니 너무 졸려서…… 흐아아아암~."

졸려서 사고력이 떨어진 걸까. 아니면 아무나 대화할 상대가 필요했던 걸까.

글렌은 졸린 표정으로 혼잣말 아닌 혼잣말을 계속했다.

"그 녀석…… 시스티나는…… 첫인상은 진짜 별로였어. ……마술 세계의 실상을 아무것도 모르는 어린애 주제에 건방진 소리만 하는 녀석이라는 인상이었지."

"……."

"하지만 그 녀석은 내가 어느새 잃어버린 마술에 대한 정열을 갖고 있더라. ……그건 마술의 진실을 알게 된 후에도 변함없었고…… 그런 모습이 내 눈에는 무척 눈부시게 보였어."

"……."

"그리고…… 사실 따지고 보면 난 그 녀석 덕분에 학교에 있을 수 있게 된 거나 마찬가지야. ……건방진 녀석이지만…… 그 점만큼은…… 솔직히 감사하다고 할까……."

"……."

"그리고 친구를 엄청 아끼는 녀석이기도 해. 친구를 지키기 위해 강해지고 싶다니…… 그런 말을 들으면 응원해주고 싶은 게 인지상정이잖아? 지켜봐주고 싶어지잖아? 그 녀석이 앞으로 걸어갈 길을…… 그러니…… 이 정도의 고생쯤은…… 별것 아니야. 그 녀석은 모르겠지만…… 이건 내 나름대로의 은혜 갚기 같은 거니까……."

어지간히 피곤했는지 글렌은 자기도 모르게 고개를 꾸벅 꾸벅 흔들고 있었다.

"냐아(선생님)……."

그 순간, 뭐라 형언할 수 없는 따스한 감정이 시스티나의 가슴을 가득 채우기 시작했다.

'역시 이 사람은…….'

간지러운 것 같으면서도 가슴이 뛰는 편안함. 따스하고 행복한 감정.

'이 감정의 정체는 대체……?'

시스티나가 멍하니 그런 생각을 한 순간—

"흐아아아아아아아암~. 후우, 좀 더 힘내볼까."

글렌은 기지개를 켜고 크게 하품을 하더니 다시 마술식 재편에 착수하려고 했다.

"……냐아."

그러자 시스티나가 그의 손등을 가볍게 핥았다.

"너……?"

"냐아(오늘은 그만 주무세요, 선생님. 무리하진 마시구요)……."

뭔가를 호소하는 듯한 고양이의 눈을 잠시 가만히 지켜본 글렌은—.

"……그래. 슬슬 잘까."

부드럽게 입가를 끌어올리며 웃었다.

"신기하네. 네가 무슨 말을 하고 싶은 건지…… 왠지 모르게 알 것 같아. 상대는 고양이인데도……."

그리고 자리에서 일어나더니 방 한켠에 있는 침대 위에 벌렁 누워버렸다.

"……너도 같이 잘래?"

"냥!"

왠지 솔직하게 응석을 부리고 싶은 기분이 든 시스티나는 기쁜 목소리로 울더니 책상에서 바닥으로 뛰어내렸고, 그대로 복도를 가로질러 침대 위로 뛰어올랐다.

그리고 글렌의 바로 옆에 몸을 둥글게 말고 누웠다.

한 명과 한 마리는 그렇게 서로의 숨결이 느껴질 정도로 가까운 거리에서 서로의 얼굴을 지그시 마주보았다.

"……거 참, 신기한 녀석일세."

글렌은 손을 뻗어서 시스티나의 머리를 천천히 쓰다듬기 시작했다.

한 명과 한 마리는 머지않아 깊은 잠에 빠져들었다.

………….

창밖에서 아침을 알리는 작은 새들이 지저귀는 소리가 들리자 기분 좋게 꿈속을 헤매던 의식이 천천히 각성했다.

"……으음. ……벌써 아침인가?"

가늘게 눈을 떠본다.

가물거리는 눈에 가차 없이 내리쬐는 햇빛.

'오늘도 피곤한 하루가 시작되겠구만…….'

글렌이 멍하니 그렇게 생각하며 눈을 비빈 그때였다.

"새근……새근……."

누군가의 숨소리가 귓가에 들렸다.

자신의 가슴을 누르는 누군가의 무게가 느껴졌다.

"……뭐지?"

그쪽으로 시선을 돌린 순간―.

"새근……새근……."

햇빛을 반사해서 아름답게 빛나는 은색 머리카락이 침대 위에 강을 이루고 있었다.

시스티나였다. 그녀가 글렌의 몸을 껴안은 채 자고 있었던 것이다.

어젯밤에 같이 잔 고양이의 모습은 어디에도 없었다.

눈앞에 있는 건 실오라기 하나 걸치지 않은 소녀의 모습뿐. 가녀린 어깨, 목덜미, 가슴…… 마치 비단결 같은 살결은 그야말로 눈이 부실 정도였다.

"……."

아침의 권태감을 단숨에 날려버리는 어마어마한 충격에 글렌의 사고가 완전히 정지했다.

"어째서? 대체 무슨 일이 있었던 거지?"

그리고 글렌의 시간도 완전히 정지해버렸다.

"……으……음……."

그의 시선을 느꼈는지 시스티나도 천천히 눈을 떴다.

약간 눈매가 날카롭긴 해도 소녀다운 천진난만함이 남은 에메랄드 빛 눈동자가 글렌의 검은 눈동자와 마치 거울처럼 무한회랑을 형성했다.

"……아…… 선생님……."

이윽고 그녀가 상체를 일으키며 머리카락을 귓등으로 쓸 어 넘기자 침대 위의 은하수가 자연스럽게 모습을 바꾸었다.

"에헤헤…… 안녕히 주무셨……."

그리고 잠이 덜 깬 눈으로 마치 응석을 부리는 것처럼 히 죽 웃은 순간—.

"……."

갑자기 움직임이 멈추었다. 그리고 마치 고장 난 인형처럼 딱딱하게 고개를 움직이더니 자신의 손과 몸을 순서대로 내 려다보았다.

글렌이 그 모습을 가만히 지켜보는 가운데, 한순간 시스티나의 안색이 창백해지나 싶더니 삽시간에 붉게 달아올랐고—.

"까……."

"까?"

"꺄아아아아아아아아아아아아아아아아아아악!"

결과적으로 그녀는 저택이 떠나갈 정도로 비명을 터트렸다.

"이, 이쪽 쳐다보지 마세요오오오오오오오오!"

"우와아아아아아아아아아아아아아아아앗?!"

그리고 긴급시의 괴력을 발휘해 이불을 확 끌어당겼다.

덕분에 침대 위에서 굴러 떨어진 글렌이 바닥에 얼굴부터 처박혔지만 지금은 그런 걸 신경 쓸 겨를이 없었다.

"크헉?!"

"아아, 아으으으으으으으으으~?!"

그렇게 허겁지겁 이불을 몸에 걸친 시스티나는 쏜살 같이 방에서 달아나버렸다.

'대, 대체 무슨 일이……?'

눈앞에서 성대하게 불똥이 튀는 가운데, 곧 아래층에서 귀에 익은 목소리가 들려왔다.

"시스티~! 우리 왔어~!"

"좋은 아침, 시스티나."

"앗! 무사히 원래대로 돌아왔구나! ……다행이다."

"응, 다행이야."

"새 교복이랑 속옷 가져왔어. ……응? 왜 그래?"

"루, 루, 루미아~! 리엘~! 나, 나, 나, 나, 나…… 으, 으아아아아앙!"

하지만 그녀들의 정체와 대화 내용을 인식하기 전에 글렌의 의식은 깊은 어둠 속으로 가라앉고 말았다.

"그래……. 시스티나……가 아니라, 그 하얀 고양이는 원래 귀족님의 고양이였던 건가……."

그리고 루미아 덕분에 정신을 차린 글렌은 평소와 다름없는 등굣길을 걸으면서 뭔가 아쉬운 얼굴로 투덜대고 있었다.

"그야 그렇겠지. ……어째 기품 있고 고급스러운 고양이다 싶더라니."

"아, 예. 맞아요. ……실은 고양이 주인이 어제부터 집에 돌아오지 않은 그 아이를 너무 걱정하셔서…… 그래서 오늘 아침 선생님께서 주무시고 계신 사이에 돌려드린 거였어요."

루미아에게 사정을 들은 글렌은 아직 미련이 남은 얼굴로 한숨을 내쉬었다.

"쳇! 모처럼 캣쇼에 출전해서 돈 좀 버나 싶었는데…… 세상 참 만만치 않구만."

"아, 아하하……."

"글렌, 너무해. 고양이가 불쌍해."

평소와 다름없는 그 변변찮은 발언에 루미아가 어색하게 웃었고 리엘이 언짢은 목소리로 항의했다.

"그건 그렇고……."

글렌은 고개만 돌려서 뒤를 슬쩍 돌아보았다.

"……하얀 고양이 녀석은 왜 저래? 감기야?"

그곳에서는 교복 차림의 시스티나가 새빨갛게 익은 얼굴로 고개를 숙인 채 힘없이 뒤를 따라오고 있었다. 뿐만 아니라 조금 전부터 글렌과 한 번도 눈을 마주치려 하지 않았다.

참고로 계속 머리 위에 김을 내뿜는 상태이기도 했다.

"아, 아하하…… 예. 그냥 그런 걸로 해주세요. 사실 시스티는 어제부터 계속 몸 상태가 안 좋았거든요. 그러니 이 이야기는 여기까지만……."

"……응? 뭐, 아무래도 상관없지만 무리는 하지 마. 몸조심하고."

이윽고 글렌도 어색하게 시선을 피해버렸다.

'나 원 참…… 그럼 오늘 아침의 그건 역시 내 꿈이었다는 거겠지?'

그리고 주섬주섬 머리를 긁적였다.

'그건 그렇고…… 나, 정말로 괜찮은 건가? 아무리 꿈속이라지만, 하얀 고양이 녀석이 알몸으로 나오다니…… 아무래도 어지간히 피곤했던 모양이네. ……혹시 요즘 저 녀석의 특훈 메뉴만 생각한 게 원인일지도?'

""하아~.""

글렌과 시스티나는 똑같은 타이밍에 한숨을 내쉬었다.

아무래도 이 두 사람의 우울과 갈등은 한동안 계속될 모양이었다.

리엘 포획 대작전

Re=L Catch up Mission!

Memory records of bastard
magic instructor

어느 따사로운 날 오후.

시스티나, 루미아, 리엘이 단골 오픈 카페의 원형 테이블을 둘러싼 채 앉아 있었고 그 테이블 위에는 티세트가 놓여 있었다.

"그러니까 이걸 이렇게…… 즉, 이 식을 이렇게 변환하면……."

"아, 정말이네. 굉장해, 시스티."

시스티나와 루미아는 교과서와 노트를 펼치고 오늘 수업에서 배운 내용을 복습하는 중이었다.

"……."

하지만 리엘의 의식은 공부가 아닌 다른 쪽을 향하고 있었다.

딸기 타르트였다.

접시에 담긴 딸기 타르트를 그야말로 뚫어져라 쳐다보는 중이었다.

"……."

보면 볼수록 맛있게 생긴 딸기 타르트였다.

달콤하고 고소한 향기를 풍기는 아삭아삭한 갈색 파이. 그 안에 듬뿍 담긴 몽실몽실한 커스터드 크림. 그 위에는 액상 젤리로 아름답게 화장한 싱싱한 딸기가 사치스러울 정도로 듬뿍 올려져 있었다. 그리고 바닐라 에센스의 달콤한 향기와 민트의 상쾌한 향 또한 이루어 말할 데 없는 조화를 연출하고 있었다.

"……음."

그런 극상의 딸기 타르트 앞에서 리엘은 기쁜 듯이 눈을 가늘게 떴다.

"앗, 미안. 리엘."

그러자 마침 그 모습을 본 시스티나가 미안한 얼굴로 말을 걸었다.

"우린 아직 시간이 더 걸릴 것 같으니까…… 그냥 먼저 먹을래?"

참고로 시스티나의 앞에는 초코 케이크. 루미아의 앞에는 슈크림이 있었지만 공부에 집중하느라 아직 손도 대지 않은 상태였다.

"……그래도 돼?"

"응. 사양하지 않아도 돼."

이번에는 루미아가 방긋 웃으며 대답했다.

두 친구의 허락을 받은 리엘은 마치 이 순간을 기다려왔다는 듯 눈을 반짝이며 딸기 타르트를 집어 들었다.

그리고 입을 작게 벌리고 딸기 타르트를 살짝 깨문 순간—.

"……!"

입안으로 퍼지는 달콤새콤한 쾌감에 가면 같은 무표정이 스르르 풀리기 시작했다.

우물우물우물…….

그리고 마치 아기 다람쥐가 나무열매를 먹는 것처럼 묵묵히 식사에 전념했다.

리엘은 행복했다.

한입 먹을 때마다 머릿속에 행복감이 퍼져나갔다. 몇 번을 먹어도 질리지 않았다. 계속 이 맛을 즐기고 싶었다.

'응……. 역시 난 딸기 타르트가…… 좋아.'

리엘은 그저 말없이 그 행복한 한때를 만끽했다.

하지만 그 행복한 시간은…… 누구도 예상치 못한 형태로 갑작스럽게 막을 내리고 말았다.

욱씬!

바로 그때까지 리엘의 머릿속을 지배하던 행복감을 단숨에 날려버리는 격통이 입속을 스쳐 지나갔기 때문이다.

"으읍?!"

그 순간, 리엘의 몸은 석상처럼 굳어버리고 말았다.

제국 궁정 마도사단의 일원으로서 지금까지 수많은 부상을 경험해봤지만 그 무엇과도 일치하지 않는 통증에 동공이 크게 벌어졌다.

'……뭐지? 방금 그건? 혹시 기분 탓?'

잠시 고민하던 리엘이 다시 각오를 다지고 딸기 타르트를 깨물자ㅡ.

욱씬!

"으으읍~?!"

아까보다 심한 고통이 입안을 엄습했다. 마치 입안에 천둥이 친 것 같았다.

온 몸에 식은땀이 맺히고 안색이 파랗게 질리기 시작했다.

"으음~ 그랬구나. 그래서 잘 안 된 거였어."

"맞아! 처음 본 사람은 다들 그 마술식에 숨겨진 함정에 걸리기 마련이거든~."

루미아와 시스티나는 공부에 집중하느라 리엘의 변화를 눈치채지 못했다.

"······."

리엘은 딸기 타르트를 입에 문 상태로 꼼짝도 못 한 채 굳어있었다.

그녀가 딸기 타르트를 먹다 남기는 전대미문의 이상사태가 발생한 순간이었다.

다음 날 알자노 제국 마술학원의 점심시간.

"우오오오오오오오오! 진짜 오랜만에 제대로 된 밥을 먹어보는구나아아아아아아!"

점심을 먹으러 온 학생들로 떠들썩한 학생식당에서 그 누구보다 시끄러운 목소리로 외치는 사람이 있었다.

당연히 글렌이었다.

"정말이지! 조용히 좀 하세요! 창피하단 말예요!"

"야, 인마! 하얀 고양이! 말도 안 되는 소리 하지 마! 드디어 월급날이라고?! 이제야 겨우 시로테 수액만 빨던 생활과 작별했단 말이다! 좋아! 그럼 오늘 점심은 아주 호화롭게 먹어보실까!"

"정말이지…… 항상 계획 없이 돈을 낭비하니까 그런 거잖아요. 완전히 자업자득이면서……."

"아하하…… 진정해, 시스티."

어이가 없는 얼굴로 이마에 손을 대고 한숨을 내쉬는 시스티나를 루미아가 어색하게 웃으며 달랬다.

그리고 리엘은 그런 세 사람의 뒤를 그림자처럼 따라오고 있었다.

"……."

여전히 무표정이었지만 오늘은 왠지 안색이 어둡고 기운도 없어 보였다.

잠시 후 식당 한켠에 자리를 잡은 글렌 일행은 각자 먹고 싶은 요리를 가져와서 점심식사를 시작했다.

"잘 먹겠…… 아구아구아구! 우물우물! 우걱우걱우걱!"

체격에 비해 의외로 대식가인 글렌은 로스트비프, 피시 앤 칩스, 미트파이, 치즈 샐러드, 베이크드 빈즈, 볶음국수 등을 허겁지겁 먹어치우고 있었다.

"식사 예절 좀 지키면 어디 덧나세요?!"

"우물우물우물…… 꿀꺽! 나도 자제할 수가 없다고! 싸게 밥을 차려주는 세리카가 요 며칠간 교직원 연수 때문에 집에 없었는걸! 정상적인 식사를 하는 건 진짜 오랜만이라…….”

“정말이지…… 그래서 제가 도시락을 싸드리겠다고 했는데 괜히 허세만 부리시더니…….”(중얼중얼)

“응? 방금 뭐라고 했냐? 하얀 고양이.”

“아무 말도 안 했거든요?!”

그렇게 떠들썩한 점심시간을 보내는 도중.

“……응?”

두 사람의 대화에 쓴웃음을 흘리던 루미아는 문득 어떤 사실을 깨닫고 입으로 오트밀을 옮기던 숟가락을 멈추었다.

“안 먹니? 리엘.”

“…….”

리엘의 앞에는 평소처럼 딸기 타르트가 놓여 있었다.

하지만 오늘은 어째선지 굳은 표정으로 음식에 손도 대지 않고 가만히 앉아만 있었다.

“그러고 보니…… 리엘이 어제도 딸기 타르트를 남겼었지?”

그제야 시스티나도 이건 확실히 이상하다 싶어서 리엘을 바라보았다.

“진짜 무슨 일 있어? 설마 몸이 안 좋은 거야?”

“아니야.”

“음…… 그럼 혹시 딸기 타르트가 질렸다든가?”

“……안 질렸어.”

시스티나와 루미아의 질문에 무뚝뚝하게 대답하는 와중에도 리엘의 눈은 딸기 타르트에서 한시도 떨어지지 않았다.

　"응? 뭐야, 리엘! 혹시 너, 배 안 고파?"

　그러자 오랜만에 경험하는 인간적인 식사에 흥분한 글렌도 옆에서 끼어들었다.

　"으히히히! 안 먹을 거면 내가 먹어주마!"

　그리고 눈치 없게 딸기 타르트로 손을 내민 그때―.

　"안 돼!"

　리엘은 딸기 타르트를 글렌의 마수로부터 지키기 위해 황급히 집어 들었다.

　"……읍!"

　그리고 그 딸기 타르트를 깨물자―.

　욱씬!

　"삐이이이이이이이이잇?!"

　리엘은 작은 몸을 소스라치게 떨면서 기묘한 비명을 내질렀다.

　"뭐, 뭐야? 리엘…… 너, 갑자기 왜 그래?"

　글렌과 시스티나와 루미아는 눈을 휘둥그레 뜰 수밖에 없었다.

　"으……으으~ 아……아무것도…… 아냐……."

　눈물을 글썽이면서 오른쪽 뺨을 손으로 가린 리엘은 조심스럽게 다시 딸기 타르트를 깨물었다.

"ㅇㅇㅇㅇㅇㅇㅇㅇㅇㅇ읍~?!"

하지만 이번에도 똑같은 반응을 보였다.

한편, 글렌은 그것을 보고 어떤 확신을 가졌다.

그래서 오른쪽 뺨을 가린 리엘의 손을 억지로 떼니 예상 대로 퉁퉁 부어 있었다.

"너…… 잠깐 입 좀 벌려봐."

글렌은 한 손으로 리엘의 입을 벌려서 그 안을 들여다보 았다.

그리고 그곳에는…….

잠시 후, 교내 의무실.

"아, 아하하…… 이건 완전히 충치네요."

진찰대 위에 누운 리엘의 입을 벌리고 작은 의료용 거울 로 안을 확인한 세실리아는 쓴웃음을 흘릴 수밖에 없었다.

오른쪽 어금니 중 하나에서 크고 검은 구멍, 충치를 발견 했기 때문이다.

"리엘…… 너, 인마. 딸기 타르트를 너무 먹어서 그래. 이 미련퉁이 녀석."

"전혀 몰랐어요. 그러고 보니 평소에 양치질할 때 늘 빨리 끝낸다 싶더니……."

"분명 양치질이 부족했던 걸 거야. ……우리가 좀 더 신경 써 줘야 했는데."

어처구니없는 표정의 글렌, 한숨을 내쉬는 시스티나, 걱정스러운 얼굴의 루미아 앞에서 리엘은 그저 슬픈 눈으로 끙끙댈 수밖에 없었다.

"충치는 내버려두면 위험해. 그러니 여기서 깔끔하게 치료하고 가자. ……아, 세실리아 선생님. 이거 법의술로 치료할 수 있습니까?"

글렌이 질문하자 세실리아는 방긋 웃으며 대답했다.

"그럼요. 전 치과 치료도 가능하답니다."

"오! 진짜요?! 역시 세실리아 선생님! 법의술에 관해선 정말 만능이시네요!"

그러자 글렌은 바로 존경스러운 눈으로 그녀를 바라보았다.

"구체적으로 어떤 식으로 치료하는 거죠?"

"충치가 생긴 이와 신경은 현대의 힐러 스펠로는 재생시킬 수 없으니 물리적으로 갈아서 제거할 수밖에 없어요. 그 후에는 갈아낸 부분을 점토형 의사 치질(齒質)로 메우고 거기에 힐러 스펠을 써서 이와 똑같은 성분으로 바꾼 뒤 적응시키는 거죠. 그렇게 하면 충치가 있었는지도 모를 정도로 깔끔하게 나을 거랍니다."

"그렇군요. 그런 치료법이 있었다니……."

그 설명을 들은 글렌과 시스티나는 감탄한 눈으로 고개를 끄덕였다.

"아~ 하지만 결국 이를 갈아내는 건 마찬가지네요."

하지만 곧 시스티나는 무슨 상상을 한 건지 안색이 파랗게 질려서 몸을 부르르 떨었다.

"들리는 소문으로는 그거 엄청 아프다던데⋯⋯. 예전에 시내의 치과 옆을 지나갈 때도 온몸의 털이 곤두설 정도의 끔찍한 비명을 들은 경험이 있어요. ⋯⋯그 태엽 구동식 드릴로 이를 갈아낸다니 상상만 해도 끔찍하네요."

"？？？"

그 간접 체험담을 들은 리엘의 머리 위에 물음표가 연신 떠올랐다.

"난 잘 모르겠지만⋯⋯ 그 충치? 치료하는 거⋯⋯ 아파?"

"괜찮아요. 마침 저한테 좋은 마취용 마술약이 있기도 하고, 마력 구동식 드릴을 쓰면 시간도 얼마 걸리지 않는답니다. 전혀 아프지 않을 거예요."

그러자 세실리아가 부드럽게 웃으며 리엘을 안심시키려 했다.

"야, 하얀 고양이. 리엘을 괜히 겁주지 마. 애가 겁이 나서 도망치면 어쩌려고 그래?"

"아⋯⋯ 죄, 죄송해요."

하지만 그 말을 들은 리엘은 언짢은 얼굴로 투덜댔다.

"어린애 취급하지 마. 난 괜찮아. 고통은 익숙하니까."

"그래, 알았다. ⋯⋯아무튼 그렇게 됐으니 세실리아 선생님. 당장 이 녀석의 치료 좀 부탁드려도 괜찮을까요?"

"예, 그럴게요. 그럼 리엘 양. 다시 한 번 뒤로 눕고 입을 크게 벌려주세요."

"응."

이렇게 해서 리엘의 충치 치료가 시작되었다.

세실리아는 먼저 마취약을 솔에 묻혀서 리엘의 환부 주위에 신중하게 발랐다. 고작 이 정도만으로도 통각을 완전히 차단하는 효과가 있다고 한다.

그리고 마취약이 제대로 들 때까지 충분히 기다린 후.

"자, 그럼 시작할게요. 아프지 않을 테니까 너무 무서워하진 마시구요~."

"응……."

마력으로 구동하는 작은 드릴을 리엘의 입 안에 신중히 넣은 세실리아가 조심스럽게 환부를 갈아내기 시작한 바로 그 순간—

"으아아아아아아아아아아아아아아아아~?!"

리엘의 절규가 건물 전체를 뒤흔들었다.

쿵! 와장창!

그리고 마치 한계까지 압축된 스프링처럼 몸을 튕긴 리엘은 그 반동으로 진찰대와 세실리아를 날려버리고 의무실 문을 부숴버리며 눈 깜짝할 사이에 달아나고 말았다.

"""세실리아 선생니이이이임?!"""

글렌 일행은 벽에 내팽개쳐져서 피를 토하고 흰자위를 드러낸 세실리아를 향해 황급히 달려갔다.

"저, 정신 차리세요! 세실리아 선생님!"

"콜록! ……제, 제 실수예요. 저 마취약은…… 아주 보기 드문 케이스이긴 하지만, 체질 관계상 잘 안 듣는 사람이 있는데…… 설마 리엘 양이 그 케이스일 줄은…… 쿨럭!"

"아차…… 하필이면……."

"다, 다른 마취약을…… 쓰면…… 문제 없겠지만…… 정작 중요한 리엘 양이…… 달아났으니……."

"아, 그러고 보니! 지금 이럴 때가 아니지! 얼른 리엘을 붙잡아야 해!"

세실리아의 치료를 빠르게 마친 글렌 일행은 리엘을 쫓기 위해 의무실을 뒤로 했다.

그리고 2학년 2반 교실.

"야, 세실…… 리엘이 갑자기 왜 저러지?"

"글쎄? 무슨 일이라도 있었나?"

카슈와 세실을 비롯한 2반 학생들은 교실 구석에 있는 청소 용구함을 놀란 눈으로 바라보고 있었다.

"……!"

덜컹덜컹덜컹덜컹…….

현재 그 용구함은 문이 굳게 닫힌 채 연신 가늘게 떨리고 있었다.

안에 사람이 있기 때문이다.

물론 그 인물의 정체는 조금 전에 갑자기 교실 안으로 허겁지겁 뛰어 들어온 리엘이었다.

"저기, 리엘 양? 대체 무슨 일인가요?"

웬디가 걱정스러운 목소리로 말을 걸어도 리엘은 아무런 반응도 보이지 않았다.

2반 학생들이 난감한 얼굴로 그 용구함을 바라본 그때였다.

"얘들아! 혹시 리엘 못 봤어?!"

이번에는 글렌과 시스티나와 루미아가 다급히 교실 안으로 들어왔다.

"잠깐만요, 선생님. ……이번엔 또 뭔데요?"

"아, 그게…… 실은 말이다."

글렌은 조금 전에 있었던 일을 짧게 설명했다.

"……그랬군요. 충치 치료라……. 그거 참 힘들겠네요."

그러자 카슈가 얼굴을 씁쓸하게 찡그리며 중얼거렸다.

"그거, 진짜 아픈데……."

"하지만 충치는 한시라도 빨리 치료해야 한다구요! 내버려 두면 더 심각해질 게 뻔하니까요!"

웬디의 발언에 다른 학생들도 저마다 고개를 끄덕이기 시작했다.

"그런 사정이라면 뭐, 어쩔 수 없죠. 선생님, 리엘이라면 저 청소 용구함 안에 있어요."

카슈가 그렇게 폭로한 순간, 청소 용구함이 물리적으로 펄쩍 뛰었다.

"저, 저런 곳에…… 뭐, 아무렴 어때. 땡큐. 좋아. 그럼 당장 리엘을 끄집어내고 데려가 보실까."

글렌은 감사를 표한 후 용구함 손잡이를 잡아당겼다.

철컥철컥철컥철컥……

하지만 열리지 않았다. 아무래도 리엘이 안에서 문을 잡아당기고 있는 모양이었다.

"야, 리엘……. 좀 열어봐."

"싫어. 절대로, 싫어."

리엘은 안에서 고집을 피우며 거부했다.

"얘, 리엘! 충치는 빨리 치료하지 않으면 진짜 위험하다구!"

"그래도 싫어."

시스티나의 설득도 통하지 않았다.

"괘, 괜찮아. 리엘. 이번에는 괜찮을 거야. 아프지 않을 테니까……."

"거짓말. ……아팠는걸."

루미아의 설득에는 목이 멘 목소리로 대답했다.

"엄청…… 아팠어. 그러니까 이젠…… 절대로 안 해. 치료 안 해."

아무래도 리엘의 머릿속에선 『충치 치료 = 엄청난 고통』이라는 고정관념이 자리 잡은 모양이었다.

"에잇! 진짜 사람 성가시게 하긴!"

글렌은 소매를 걷어붙이고 다시 손잡이를 잡았다.

"이렇게 된 이상 억지로라도 열어주지! 우오오오오옷!"

완력에 차이는 있겠지만 이럴 때는 보통 밖에서 당기는 쪽이 훨씬 유리한 법이다.

"시, 싫어! 싫어! 싫단 말야!"

안에서 리엘이 필사적으로 저항해도 문은 서서히 벌어지기 시작했다.

"훗, 바보 녀석! 이제 조금만 더 하면……"

그리고 완전히 열린 순간―.

"싫어……. 절대로 싫다구우우우우우우우우우우우!"

안에서 리엘의 몸이 마치 대포알처럼 튀어나왔다.

"우와아아아아아아앗~?!"

"히이이이이이이이이이익?!"

"꺄아아아아아아악?!"

그리고 글렌과 2반 학생들을 날려버리며 교실 밖으로 달아났다.

그야말로 태풍 같은 기세였다.

"저, 바보가아아아아아아아아아아아아!"

글렌은 진심으로 분노를 터트리며 주먹을 불끈 쥐었다.

"어, 어쩌죠?! 선생님!"

그러자 시스티나가 조심스럽게 질문했다.

"그야 당연히 쫓아가서 포획하는 수밖에 없잖아! 에잇! 충치 치료가 끝나기만 해봐라! 궁둥짝을 실컷 두들겨줄 테다!"

"하지만 저렇게 된 리엘을 정말 붙잡을 수 있을까요?!"

시스티나가 다시 의문을 표한 그때였다.

"선생님! 이번만큼은 저희도 협력해드릴게요!"

"예! 충치는 한시라도 빨리 치료하는 게 중요하니…… 저희도 리엘 양을 붙잡는 걸 도와드리겠어요!"

카슈와 웬디를 비롯한 학생들이 차례차례 참전을 선언했다.

"""옳소! 옳소!"""

""""우리의 힘을 모아서 리엘을 구해주자!""""

"얘, 얘들아……."

리엘을 염려하는 제자들의 뜨거운 우정을 목격한 글렌은 무심코 눈시울을 붉힐 수밖에 없었다.

하지만 다음 순간―.

"흠하하하하하하하하! 이야기는 다 들었다!"

"우리도 협력하도록 하지!"

별안간 교실 문이 세차게 열리며 두 남자가 모습을 드러냈다.

"세기의 천재 마도공학 교수! 오웰 슈더, 등장!"

"제국이 세계에 자랑하는 진정한 신사! 체스트 르 느와르 남작! 정의를 위해 조력하겠네!"

"너흰 당장 꺼져어어어어어어어어어!"

""으갸아아아아아아아아앗?!""

두 변태의 모습이 눈에 들어오자 글렌은 인정사정없이 드롭킥부터 날렸다.

"너무 그렇게 쌀쌀맞게 굴지 말도록! 내 인생 최대의 호적수이자 마음의 벗 글렌 선생! 이 몸의 신작 발명품만 있으면 모든 일이 순조롭게 해결될 테니까 말이지!"

"그렇고말고! 내 정신 지배 마술 한 방이면 금세 해결될걸세!"

"눈 크게 뜨고 똑똑히 보도록! 이런 일도 있을까 싶어서 발명한 이 오웰식(式)『슈퍼 익센트릭 하이브리드 틀니DX』를! 이를 전부 발치하고 장착해야 하는 이 틀니는 치악력을 초절 강화! 미스릴조차 물어뜯을 수 있는 파워를 상시 발동 가능! 거기다 입에서 엄청난 파괴력의 레이저 빔까지 발사하는 기능까지……!"

"후힛! 후히히히힛! 충치 때문에 괴로워하는 소녀라니…… 정말 최고야. ……이건 반드시 내손으로 붙잡아서 사랑으로 구원해주는 수밖에 없겠군! 제국 신사로서!"

"이래서 너희가 끼어드는 게 싫었다고오오오오!"

글렌은 머리카락을 쥐어뜯으며 가슴속에서 치미는 불안을 절규로 발산했다.

"저기, 선생님…… 서두르지 않으면 리엘을 놓칠지도 몰라요."

"에잇! 나도 알아! 이젠 그냥 될 대로 되라지!"

하지만 옆에서 루미아가 재촉하자 결국 마음을 굳히고 이렇게 외쳤다.

"이렇게 된 이상『리엘 포획 대작전』개막이다! 전원 돌겨어어어어어어억!"

""""우오오오오오오오오오오오!""""

일치단결한 학생들이 팔을 높이 치켜들며 이 난관에 도전한 순간이었다.

"으으~!"

건물을 뛰쳐나온 리엘은 현재 교내를 질주하고 있었다.

목적지는 학교 밖이었다.

'도, 도망쳐야 해! 아무튼 멀리……!'

리엘은 조바심에 몸을 맡긴 채 그야말로 한 줄기 바람처럼 달렸다.

지금 그런 그녀의 머릿속에서는 그 이상한 드릴로 이빨을 갈았을 때의 차원이 다른 고통이 반복 재생되고 있었다.

'그게 치료라니…… 틀림없이 거짓말이야. 그건 아마 고문…… 하지만 글렌이 왜 나한테 고문을……?'

리엘은 혼란스러운 머리를 굴려서 필사적으로 생각했다.

'맞아……! 분명 글렌은 내가 머리가 나쁘니까 벌을 주려는 걸 거야……!'

냉정하게 돌이켜보면 얼토당토않은 추측이었지만 완전히 혼란에 빠진 리엘은 거기까지 생각이 미치지 못했다.

　아무튼 그런 고통은 두 번 다시 겪고 싶지 않았다. 되도록 한시라도 빨리 이 학교를 탈출해야만 했다.

　그리고 마침내 정문을 통해 밖으로 나가려 한 그때―.

　"꺄악?!"

　보이지 않는 벽이 리엘의 몸을 반대쪽으로 튕겨냈다.

　"바, 방금 뭐야……?"

　탈출에 실패한 리엘이 멍한 얼굴로 그렇게 중얼거렸다.

　"크크크…… 소용없다! 소녀여!"

　그리고 광기의 매드 사이언티스트 오웰이 눈앞에 등장했다.

　"혹시 이런 일도 있을까 싶어서 전에 교내의 방어 결계 제어식을 해킹해 주도권을 전부 장악해뒀지! 이 시점에서 교내 부지는 완전히 봉쇄된 상태다! 이걸로 자네는 이제 달아날 수오어어어어억?!"

　하지만 그 오웰의 발언은 곧 글렌의 초크 슬리퍼에 의해 봉쇄되었다.

　"대체 무슨 상황을 상정한 거냐고, 이 자식아……! 아니, 그보다 이건 완전히 범죄잖아!"

　"아, 아니…… 난 그저 교내에 학생들을 가두고 그 안에 좀비형 마도인형을 대량으로 투입하는 방식으로 흔들다리 효과를 연구하고자 하는 학술적이고도 숭고한 목적을 위해……."

"그냥 뒈져어어어어어어어!"

글렌은 그대로 백드롭을 날려서 오웰의 뒤통수를 바닥에 찍어버렸다.

그러는 사이에 학생들도 우르르 몰려와 리엘을 포위했다.

"미안, 리엘! 오늘은 얌전히 우리한테 잡혀줘야겠어!"

그리고 서서히 접근한 카슈가 그렇게 선언하자—.

"그, 그럴 수가……. 다들, 왜? 왜 날 괴롭히는 거야……?"

리엘은 눈물을 글썽이며 공포심을 드러냈다.

"괴롭히는 게 아니에요!"

"맞아요! 충치는 한시라도 빨리 치료하지 않으면 위험한걸요!"

"으, 응……. 그, 그러니까 얼른 치료받자. 응?"

하지만 웬디, 테레사, 린의 필사적인 설득도 소용없었다.

"싫어싫어싫어! 그런 아픈 방법으로 병이 나을 리 없잖아! 다들, 날 속이려는 거지!"

리엘은 세차게 고개를 저으며 거부했다.

"하아…… 진짜 사람 귀찮게 하네. 어쩌실 거죠? 선생님."

"에잇, 이렇게 된 이상 어쩔 수 없군! 전원 돌격어어어억!"

기블이 안경을 올려 쓰며 물었고 글렌이 호령. 그러자 학생들이 사방팔방에서 리엘을 덮치기 시작했다.

""""우오오오오오오오오오오오!""""

하지만 제국 궁정 마도사단 특무분실 집행관 넘버 7《전차》의 이름은 겉치레가 아니었다.

리엘은 탁월한 몸놀림으로 일제히 덤벼든 학생들을 요리조리 피해 다니기 시작했다.

"틀렸어요, 선생님! 전혀 잡을 엄두가 안 난다구요!"

"으그그…… 예상하긴 했지만, 역시 그렇게 쉽게 해결될 리가 없나……."

글렌이 전혀 붙잡힐 낌새가 없는 리엘 앞에서 이를 악문 순간─.

"흠하하하하하하하하! 여긴 이 몸에게 맡겨라!"

벌써 정신을 차린 오웰이 품속에서 소형 마도 연산기를 꺼내더니 능숙한 손놀림으로 조작했다.

그러자 다음 순간, 원형 지뢰들이 리엘의 주위에 발 디딜 틈도 없이 쑥쑥 솟아나기 시작했다.

"혹시 이런 일도 있을까 싶어서 교내에 지뢰를 매설해뒀지!"

"그러니까……."

거기서 글렌은 오웰을 거꾸로 들고 공중으로 도약, 이어서 자신의 어깨 위에 오웰의 목을 얹은 뒤 양손으로 두 다리를 활짝 벌려서 단단히 고정한 후─.

"대체 무슨 상황을 상정한 거냐고오오오오오!"

"으갸아아아아아아아악?!"

그대로 체중을 전부 실은 상태로 바닥에 세차게 착지했고, 충격은 오웰의 등뼈와 목과 허리와 허벅지 관절에 고스란히 전달되었다.

"저, 저 기술은『근ㅇ 버스터』?! ……설마 실전에서 쓸 수 있는 사람이 있었다니!"

"자, 잘 아네. 시스티……."

시스티나가 전율을 금하지 못하고 루미아가 어색하게 웃는 한편, 글렌은 오웰의 몸을 대충 아무 데나 집어던진 후 다시 리엘을 돌아보았다.

"아무튼 이 변태 마스터의 범죄 행위는 이번만 눈 감아 주도록 하지! 이만큼 지뢰가 많으면 아무리 너라도 움직이는 건 불가능할 터!"

그리고 승리를 확신한 순간, 어디선가 폭음이 울려 퍼졌다.

"으앗~?!"

"히이이이이이이익?!

"아아! 죽고 싶지 않아! 난 아직 죽고 싶지……!"

퍼어어어어어어엉!

"커헉! ……내, 내가 만약 죽거든…… 내 방 침대 밑에 있는 성서는 아무 말 없이 처분해줘……."

"그건 성서(聖書)가 아니라 성서(性書)잖아! 정신 차려, 루제에에에에에에엘!"

투콰아아아아아앙!

어느새 주위는 지뢰를 밟거나 그 폭발에 말려든 학생들의 처참한 모습으로 지옥도를 그리고 있었다.

한편, 정작 중요한 리엘은 절묘한 균형 감각과 동물적인 감으로 지뢰를 단 한 번도 밟지 않은 상태였다.

"역시 이것도 안 되나……."

당황한 글렌은 폭포수처럼 비지땀을 흘리기 시작했다.

"야! 오웰! 저 이상한 지뢰들을 당장 치워! 저래선 의미가 없잖아!"

"으윽…… 어, 어쩔 수 없군!"

오웰이 다시 마도 연산기를 조작하자 바닥을 가득 메운 대량의 지뢰가 눈 깜짝할 사이에 자취를 감추었다. 아무래도 전송 마술의 일종인 듯했다.

"으으~!"

리엘은 이 기회를 놓칠 새라 잽싸게 달아나 버렸다.

그리고 그 뒤에 남겨진 것은 검게 그을린 모습으로 의식을 잃은 학생들 약 열 몇 명뿐…….

"……."

"……."

그 파멸적인 광경 앞에서 글렌과 오웰은 잠시 할 말을 잃을 수밖에 없었다.

"……마지막으로 남길 말은?"

"홋! 실패는 성공의 어머니! 다음 기회에는 지뢰 밀도 세 배! 위력은 열 배로 조정한 발명품을 자네에 선보여주도록 하지! 아무쪼록 기대……."

"……할 리가 있겠냐아아아아아아아아아아!"

그리고 글렌은 다시 『근육 ○스터』의 방식으로 오웰의 몸을 안아들고 하늘 높이 도약했다.

잠시 후, 학교 건물 뒤편.

"하아…… 하아…… 하아……."

리엘은 건물 벽에 손을 댄 채 호흡을 가다듬고 있었다.

"아파……."

하지만 곧 얼굴을 찡그렸다. 아무래도 충치의 고통이 점점 심해지는 모양이었다.

'훌쩍…… 하지만…….'

리엘이 눈물을 글썽인 그때―.

"홋홋홋…… 드디어 찾았군. 리엘 군……."

이번에는 수상하기 짝이 없는 남자, 체스트 남작이 눈앞에 나타났다.

"……으. 글렌이 절대로 가까이 가면 안 된다고 한 이상한 사람……."

리엘은 한껏 경계심을 드러내며 서서히 뒷걸음질을 쳤다.

"후, 후오오옷! ……충치 치료가 싫어서 고통을 참는 소녀의 모습은 이 얼마나 아름다운가아아아아!"

"……?"

갑자기 영문을 알 수 없는 이유로 흥분하기 시작한 남작 앞에선 제아무리 리엘이라도 동요와 공포를 느낄 수밖에 없었다.

"흠, 이렇게 자네의 아름답고 순수한 눈물을 감상하는 것도 최고지만…… 역시 나는 자네 같은 가련한 소녀가 고통에 몸부림치는 모습을 보고 있으면 신사로서 가슴이 찢어질 정도로 괴롭다네. ……그런 고로 리엘 군. 나와 함께 가주겠나?"

"……싫어! 절대로 싫어!"

물론 충치 치료도 싫지만, 이 소름 끼치는 남자와 함께 가는 것도 생리적으로 무리였다.

"역시 예상대…… 으흠! 으흠! 이거 참 유감이로군. ……그럼 나도 실력행사를 할 수밖에!"

남작은 천천히 지팡이를 들고 뭔가를 중얼거리기 시작했다.

'……주문?! 막아야 해!'

리엘이 탄환처럼 몸을 날려서 남작에게 태클을 먹이려 했으나, 갑자기 발밑에서 솟아난 대량의 무언가가 그녀의 몸을 칭칭 감아 하늘 높이 들어올렸다.

"이, 이건 뭐야……?"

그 무언가의 정체는 다름 아닌 두족류의『촉수』였다.

"기……기분 나빠……."

그 미끌미끌한 감촉에 본능적인 불쾌감과 혐오감을 느낀 리엘이 몸을 마구 비틀었다.

"후후후, 포획 성공이군."

남작은 황홀한 표정으로 그런 리엘의 모습을 감상했다.

"으으……으으으~!"

자유를 빼앗긴 리엘의 눈가에 눈물이 맺혔지만 촉수의 구속에서는 도저히 벗어날 수가 없었다.

"자, 그럼…… 이제 얌전히 치료를 받을 생각이 들었나?"

"시, 싫어! 그건 절대로 싫어!"

"역시 예상대…… 으흠! 으흠! 이거 참 유감이로군. ……난 신사로서 싫어하는 소녀를 강제……할 수는 없겠지. 이렇게 된 이상 자네가 마음을 돌릴 때까지 설득할 수밖에……."

그리고 남작이 손가락을 튕기자 리엘의 온몸을 휘감은 촉수들이 꿈틀거리기 시작했다.

미끌거리는 촉수가 리엘의 허벅지, 팔뚝, 옆구리, 목덜미, 귀, 배 등을 이리저리 쓰다듬었다.

"으읍?! ……하윽?! 으으…… 뭐, 뭐야? 간지러워……! 왠지…… 이상한 기분…… 아앙! 하아…… 하아…… 으으…….."

온몸을 엄습하는 기묘한 감각에 몸이 달아오른 리엘은 거친 숨을 내쉬며 요염하게 팔다리를 비틀기 시작했다.

……사실 옆에서 보면 지금 리엘은 아무것도 없는 공간을 향해 「큭, 죽여」라든가 「절대로 안 질 거야」라고 중얼거리면서 혼자 몸부림치는 것으로밖에 보이지 않았다. 물론 그녀를 휘감고 있는 촉수 역시 어디에도 찾아볼 수 없었다.

"훗…… 정신 지배 마술은 이런 식으로 쓰는 걸세."

체스트 남작은 그 광경을 보고 기겁한 글렌 일행을 향해 자랑스럽게 선언했다.

"지금 리엘 군은 환각 속에서 존재할 리 없는 현실과 싸우는 중이라네. 정신 지배는 절대로 거는 순간을 들켜선 안 되는 마술. 전투가 시작되는 순간에 결판이 나는 것이야말로…… 정신 지배 마술의 기본이자 가장 이상적인 모습인 셈이지. 이해했나?"

"그래…… 인정하긴 싫지만 완벽하군."

체스트 남작의 실력은 진짜였다. 저래 봬도 군 소속 마도사인 리엘의 정신 방어력은 결코 낮은 편이 아니다. 만약 정신 지배 마술을 정면에서 대놓고 쓴다면 절대로 걸릴 리 없었다.

하지만 체스트 남작은 기묘한 언동으로 리엘의 마음을 흔들어놓은 후 안력을 통해 마술을 성공시켰다. 그 후에 중얼거린 주문 영창은 그저 속임수에 불과했다.

평소의 변태 짓에 묻혀서 잊어버리기 십상이지만 제6계제라는 건 역시 허명이 아니었다.

"잘했어, 남작. ……하지만 마지막으로 이 말만은 해둬야겠군."

글렌과 학생들은 눈물을 글썽이며 몸부림치는 리엘을 거칠게 숨을 몰아쉬며 감상하는 체스트 남작의 팔다리를 단단히 움켜잡은 후—.

"""이건 윤리적으로 완전히 아웃이잖아아아아아!"""

영혼이 담긴 절규를 외치는 동시에 남작의 몸을 건물 벽에 패대기쳤다.

"커허어어억?! 어, 어째서?! 난 세계 공통 신사협정 『Yes 로리 No 터치』를 준수했건마아아아안!"

"닥쳐! 이 성범죄자! 죽어! 진심으로 제발 좀 죽어!"

글렌은 바닥에 나자빠진 남작의 몸을 감정을 실어서 마구 걷어찼다.

"……앗?!"

덕분에 정신 지배 마술에서 벗어난 리엘은 글렌 일행의 모습을 보자마자 다시 도주를 감행했다.

"서, 선생님! 리엘이 또 도망쳤어요!"

"에잇! 놓치지 마! 반드시 사로잡으라고!"

그러자 글렌도 살아남은 학생들을 이끌고 리엘의 뒤를 다시 추격했다.

교내에 있는 할리의 연구실.

"대체 뭐냐! 이 졸작들은! 네놈들이 대체 몇 년이나 마술을 배웠는지 알기나 해?! 에잇, 당장 다시 써 와!"

할리는 조금 전에 레포트를 제출한 학생들에게 거칠게 되던지며 설교를 시작했다.

"문헌 조사도, 고찰도 너무 어설퍼! 네놈들, 혹시 마술을 얕보는 거냐?!"

"죄, 죄송합니다……."

"레포트의 개선점과 네놈들이 반드시 읽어야 할 문헌의 목록은 거기 적어뒀다! 그걸 꼼꼼하게 읽고 내일 아침까지 완성해 와! 알았나?!"

"""예!"""

"그리고! 난 지금부터 다음 학회에서 발표할 논문을 집필할 예정이다! 그러니 다른 학생들은 절대로 이 방에 못 들어오게 하도록! 알았나?!"

"""아, 알겠습니다!"""

학생들은 마치 개미떼처럼 흩어졌다.

"거 참, 이놈이고 저놈이고……."

조용해진 연구실 안에 혼자 남은 할리는 짜증스럽게 한숨을 내쉬었다.

"……."

하지만 잠시 후 주위를 두리번거리더니 문 근처와 창밖에 사람이 없는 것을 확인했다.

"……좋아. 아무도 없군."

그리고 책상 서랍에서 뭔가를 꺼내더니 신중하게 책상 위에 올려놓았다.

"후우…… 조금 전에는 학생들이 갑자기 몰려와서 황급히 치우느라 혹시 망가지지 않았나 걱정했는데…… 아무래도 무사했던 모양이군."

그것의 정체는 정교한 선박 모형이 유리병 안에 든 『보틀쉽』이었다. 하지만 이 배는 아직 미완성인 상태였다.

이윽고 할리는 긴 핀셋으로 작은 부품을 집어서 모형을 조립하기 시작했다.

"조, 조금만 더 하면 완성이다……."

아마 마술을 쓰면 한 시간도 채 걸리지 않아서 완성할 수 있겠지만, 자신의 손과 도구만으로 며칠 동안 온갖 정성과 노력을 쏟아서 만드는 이 보틀쉽 제작은 그의 유일한 취미라 해도 과언이 아니었다.

평소에 시간 낭비는 죄악이라고 공언하고 다니는 할리로서는 당연히 절대로 주위에 들키고 싶지 않은 비밀이기도 했다.

그리고 마침내 한 달 이상의 노력이 결실을 맺는 순간이 찾아왔다.

"……끄, 끝났다!"

보틀쉽, 완성.

조금 전에는 완성을 눈앞에 둔 상태에서 방해받는 바람에 짜증을 내고 말았으나 이젠 전부 아무래도 좋았다. 역시 이 달성감은 그 무엇과도 바꿀 수 없는 그만의 보물이었다.

그리고 이번 보틀쉽은 대작이었다. 선박 모형의 크기도, 부품 수도, 정교함도, 완성도도 전부 역대 최고이리라.

"오오오오⋯⋯ 드, 드디어⋯⋯."

항상 신경질적으로 미간을 찌푸리고 다니는 할리도 이 순간만큼은 마치 소년 같은 표정을 하고 자신이 완성한 보틀쉽을 바라보고 있었다.

⋯⋯하지만 바로 그때.

콰아아아아아아아앙!

갑자기 연구실 벽이 무너지며 누군가가 안으로 뛰어 들어왔다.

리엘이었다.

"이, 이게 대체 무슨⋯⋯?!"

"찾았다! 저쪽이야!"

"놓치지 마! 당장 확보해!"

할리가 넋을 잃은 순간, 이번에는 글렌을 비롯한 수많은 학생이 연구실 안으로 우르르 몰려 들어왔다.

"잡았다! 리에⋯⋯으아아아아아아앗?!"

투콰아아아아앙!

"젠장! 역시 버거워! 다, 다들 포위해!"

그리고 그들은 연구실을 완전히 헤집어놓으려는 기세로 이리저리 날뛰고 다녔다.

책장을 쓰러트리고, 산처럼 쌓인 논문들을 바닥에 무너트리고, 책상과 의자를 난폭하게 걸어차고, 창문을 깨트렸다.

"으으으으으~!"

"선생님! 리엘이 밖으로 달아났어요!"

"어서 뒤를 쫓아! 놓치지 말고 쫓으라고오오오오오!"

이윽고 글렌이 호령하자 학생들은 그 뒤를 따라 마치 태풍처럼 이동했다.

"……."

그리고 완전히 엉망이 된 연구실 안에 혼자 남겨진 할리는 잠시 넋을 잃고 있다가 문득 발밑을 내려다보았다.

조금 전에 완성했을 터인 그의 보틀쉽은 유리병이 깨졌을 뿐만 아니라 안에 든 모형도 누군가가 짓밟은 탓에 완전히 회생불능 상태로 변모해 있었다.

"네, 네 이놈…… 글렌 레이더스으……."

이번에는 화를 낼 여유조차 없는지 그 자리에 힘없이 주저앉으며 고개를 떨군 할리의 뒷모습에서는 뭐라 형언할 수 없는 깊은 애수가 감돌고 있었다.

리엘과 글렌 및 학생들의 술래잡기는 교내에 다대한 피해를 주고 있었다.

그리고…….

"하아…… 이제야 겨우 돌아왔구만."

교내의 앞뜰에 도착한 마차 안에서 여행복 차림의 세리카가 가볍게 뛰어내렸다.

알자노 제국 교도청이 제국 각지에 있는 각 교육기관에서 대표자를 모아 치른 『합동 교직원 연수』에 알자노 제국 마술학원의 대표로서 장기 출장을 끝내고 오늘 마침내 페지테로 돌아온 것이었다.

"그건 그렇고 정말로 따분하고 의미 없는 시간이었지……."

이번 합동 교직원 연수의 테마는 『학생들에 대한 교사의 체벌 지도 문제』였다.

교사가 학생을 체벌로 지도하는 문제는 예부터 어느 나라의 교육 기관이든 일정 비율로 존재하기 마련이었다.

"훗, 정말 바보 같군. 체벌이고 뭐고 본인이 정신줄을 놓고 있으면 바로 남들에게 뒤쳐질 뿐인 완전 자율 주의의 우리 학교에 그딴 게 있을 리 없잖아. ……학원장도 참 사람이 너무하다니까. 나한테 대표를 떠넘기다니…… 덕분에 하마터면 글렌 성분(成分)이 부족해서 죽을 뻔했네……."

세리카는 그런 이해할 수 없는 말을 중얼거리며 마차를 뒤로 했다.

"뭐, 아무렴 어때. 그 대신 그 녀석이랑 나는 휴가를 받았으니…… 오랜만에 모자간에 단둘이서 어디 여행이라도 가서 글렌 성분을 듬뿍 보급…… 응?"

학교 건물을 향해 이동하던 세리카는 낯이 익은 누군가를 발견하고 그 자리에서 멈춰 섰다.

"……."

기운 없이 고개를 떨군 리엘이 손으로 한쪽 뺨을 가린 채 앞뜰을 걷고 있었던 것이다.

"오~ 무슨 일이야? 리엘."

별 생각 없이 말을 걸자 리엘이 등을 흠칫 떨더니 이쪽을 돌아보았다.

"세리카……."

그리고 갑자기 눈물을 글썽이기 시작했고—.

"으으~! 세리카아……."

빠르게 달려와 세리카의 품에 안겼다.

"나 좀 도와줘……. 부탁이야……."

"응? 대체 뭘?"

세리카가 부드럽게 머리를 쓰다듬어주자 리엘은 횡설수설 사정을 설명하기 시작했다.

"으응…… 글렌이…… 나한테 심한 짓을 했어. 내가 바보라서…… 그 벌로…… 나한테 엄청 아픈 짓을 하려고 했어."

"……뭐라고?"

그러자 세리카는 손을 멈추며 표정을 굳힐 수밖에 없었다.

"그게…… 사실이냐?"

"응. ……몇 번이나 싫다고 했는데도…… 글렌은 억지로…… 전부 날 위한 일이라고 했지만, 분명 거짓말일 거야."

그 순간, 세리카의 머릿속에 떠오른 것은 교직원 연수에서 들은 설명이었다.

─체벌로 지도하는 교사의 공통점 중 하나는 그 모든 행위가 학생들을 위한 일이었다고 주장하는 점입니다.

'설마…… 그럴 리는……'

세리카는 애써 동요를 억누르고 리엘에게 물었다.

"네 착각……은 아니고? 정말 그 녀석이 널……"

"응, 진짜…… 엄청나게 아파서…… 죽는 줄 알았어."

"……하, 하지만 그건……"

"글렌은 반 애들한테도 명령해서 날 잡으려고 해. 내가 시키는 대로 안 하니까."

"……?!"

그 순간, 다시 연수에서 들었던 어떤 내용이 떠올랐다.

─체벌 교사 중에는 학생들을 공포로 지배해서 지도 대상을 집단으로 궁지에 몰아넣는 사례도 있습니다.

"하, 하지만…… 글렌이라면 절대로 그럴 리…… 앗?!"

그리고 이번에는 리엘의 뺨이 빨갛게 부어 있다는 사실을 깨달았다.

"으…… 아파……."

본인은 고통스럽게 얼굴을 찡그리며 다시 그 뺨에 손을 가져다댔다.

'설마 때린 거야?! 글렌이?! 세상에……'

충격적인 사실 앞에서 세리카가 현실 도피를 시작한 그때─.

"거기 있었냐! 리엘!"

글렌이 수많은 학생들을 이끌고 그 자리에 등장했다.

"……?!"

그러자 리엘은 냉큼 세리카의 뒤로 몸을 숨겼다.

"아! 출장은 끝난 거야, 세리카?"

"……음, 그래."

글렌이 반가운 얼굴로 말을 걸었지만 세리카의 반응은 묘하게 냉담했다.

어째 함부로 말을 걸면 안 될 것 같은 무서운 분위기였다.

"뭐야, 네가 리엘을 잡아준 거야?! 땡큐! 자, 얼른 그 녀석을 이쪽으로 넘겨!"

하지만 그런 평소와는 다른 반응을 전혀 눈치채지 못한 글렌은 당당하게 요구했고, 리엘은 세리카의 등에 매달린 채 어린 짐승처럼 몸을 흠칫 떨었다.

"거 참, 사람 애먹게 하긴…… 나중에 아주 혼쭐을 내줄 테니까 각오하라고."

물론 글렌의 말은 어디까지나 농담이었다.

"역시 사실이었나……."

하지만 세리카에게는 그 말이 결정타였는지, 그녀는 착 가라앉은 눈으로 양팔을 들고 리엘을 지키려 했다.

"……세리카?"

"너…… 리엘한테 심한 짓을 하려고 했다며?"

"뭐?! 심한 짓?!"

글렌은 그게 대체 무슨 소리냐는 듯 거친 목소리로 항변했다.

"야! 그게 다 전부 저 녀석을 위한 거거든?! 당장은 좀 아플지도 모르지만, 결과적으로는 저 녀석에게 도움이 되는 일이야! 그게 뭐가 나쁘다는 건데!"

그렇다. 충치는 반드시 조기에 치료해야만 했다. 이대로 방치하면 식사에도 지장이 생길 테고 어쩌면 목숨이 위험할 정도의 합병증을 유발할지도 몰랐다.

"헛소리 그만하고 얼른 리엘을 이쪽으로 넘겨! 지금 그 녀석은……."

"설마 이렇게까지 타락했을 줄이야……!"

하지만 세리카는 이를 악물더니 분노로 이글거리는 눈으로 글렌을 노려보았다.

"엥?"

글렌의 눈이 점이 된 순간—

퍼어어어어어어어어어어어어어엉!

무시무시한 대폭발이 주위를 휩쓸었다.

세리카의 어설트 스펠이었다.

"""우와아아아아아아아아아아아아아아아앗!?"""

그 폭발에 휘말린 글렌과 학생들은 속절없이 공중을 날다가 지면에 추락할 수밖에 없었다.

"콜록! 콜록! 갑자기 이게 무슨 짓이야, 세리카!"

"에잇, 닥쳐! 난 널 그런 아이로 키운 기억이 없다고! 제 길…… 이렇게 한심스러울 데가……!"

"……응? ……어라?"

분노한 세리카의 눈가에는 어느새 눈물까지 맺혀 있었다.

"아무리 눈에 차지 않는다지만…… 학생을 체벌과 고통으로 통제하려고 하다니…… 그게 교사로서, 인간으로서 할 짓이야?!"

"……예? 저기, 잠깐만요 스승님. 혹시 뭔가 오해하시는 거 아닙니까? 저희는 그저……."

그제야 세리카가 뭔가 이상하다는 것을 눈치챈 글렌이 식은땀을 흘리며 변명하려 했으나—.

"《닥쳐》!"

콰아아아아아아아아아아아아아아아앙!

다시 대폭발이 일어났고 글렌과 학생들은 그저 무력하게 바닥을 나뒹굴 수밖에 없었다.

"콜록! 콜록! 아~ 진짜! 빌어먹을! 세리카 녀석, 리엘한테 대체 무슨 소릴 들었길래 저래?!"

글렌은 새카맣게 그을린 모습으로 머리카락을 쥐어뜯었다.

"아, 아르포네아 교수님! 이건 그런 게 아니라구요!"

"예! 단지 저희는 리엘의……."

"《변명 따윈 필요 없다》!"

투콰아아아아아아아아아아아아아아아앙!

"""우와아아아아아아아아아아아아아아아아아앗?!"""

학생들이 설득하고자 해도 이미 눈에 보이는 게 없는 세리카는 들은 척도 하지 않았다.

"어, 어쩌죠?! 선생님!"

"이대로면 리엘을 치료하는 건 무리예요!"

반사적으로 펼친 【포스 실드】로 피해를 벗어난 시스티나와 루미아가 그렇게 묻자—.

"이렇게 된 이상…… 싸울 수밖에 없잖아!"

글렌은 비장한 각오를 다지고 일어섰다.

"리엘을 위해서!"

"이 바보 제자 녀석! 대체 왜 그게 잘못된 교육법이라는 걸 깨닫지 못하는 거냐!"

그리고 두 사제는 서로를 노려보며 대치했다.

리엘을 위해 절망적인 상대와 맞서 싸우려 하는 그 뒷모습이 이 자리에 있는 많은 이들에게 큰 용기를 준 모양이었다.

"선생님……. 우리도 싸울게요!"

카슈도—.

"마, 맞아요! 리엘을 이대로 내버려둘 수는 없으니까요!"

웬디도—.

"나 원 참…… 절망적인 상대지만, 일이 이렇게 된 이상 어쩔 수 없네요."

기블도—.

"""저희도 가세하겠습니다!"""

오웰의 지뢰에 휘말려서 퇴장했던 학생들도 어느새 부활해 합류했다.

그렇게 2반 학생 전원은 어디까지나 친구를 위해 최강, 최악의 적과 맞서 싸우려고 각오를 다지고 있었다.

"고맙다, 애들아! 너희의 그 각오는 잊지 않으마!"

믿음직한 동료들을 얻은 글렌은 다시 세리카를 돌아보며 호령을 외쳤다.

"전군 돌격어어어어어어어억!"

"""우오오오오오오오오오오오오오오오오오오!"""

마치 노도처럼 돌진하는 글렌과 학생들.

"이 바보 같은 녀석들! 내가 너희들의 그 삐뚤어진 근성을 바로잡아주마!"

다시 주문을 외우기 시작한 세리카.

알자노 제국 마술학원 전체를 뒤흔드는 처절한 전투가 막을 올린 순간이었다.

그리고—.

"아하하하하하하하! 뭐야, 충치 때문이었어? 참 나, 그걸 좀 빨리 말하지 그랬냐!"

"……그러려고 했는데 귓등으로도 듣지 않은 게 누구시더라?"

잠시 후, 세리카는 그을음투성이로 너덜너덜해진 글렌의

등을 호쾌하게 두드리며 웃음을 터트렸다.

"젠장…… 고작 충치 치료 때문에 이게 무슨 꼴이람……."

글렌은 탄식하며 주위를 둘러보았다.

아름다운 자연이 조성됐던 교내 앞뜰은 현재 완전히 초토화된 상태였다.

그리고 마지막까지 글렌과 함께 싸워준 학생들은 넝마 같은 꼬락서니로 정신을 잃은 채 여기저기에 시체처럼 널브러져 있었다.

"……어, 엄청난 전투였어요."

"하아……하아…… 진짜 죽는 줄 알았어."

쓴웃음을 짓는 루미아와 진심으로 지친 얼굴의 시스티나도 온몸이 새카맣게 그을린 모습이었다.

"하지만…… 이제야 겨우 치료를 받게 할 수 있겠군. 마침내……."

글렌은 전투의 여파에 휘말려서 기절한 리엘에게 다가가 발로 그녀의 몸을 흔들었다.

"야! 그만 일어나, 리엘!"

"……응? 으으……."

그러자 리엘은 정신을 차렸는지 몽롱한 표정으로 일어났고.

"……으음? ……퉤!"

입에서 작은 돌멩이 같은 것을 뱉어냈다.

"진짜 사람 고생시키기는! 이번에는 절대 안 놓칠 줄 알아! 이쪽엔 세리카도 있으니……."

그 순간—.

"자, 잠깐만요! 선생님!"

리엘이 뱉어낸 것의 정체를 눈치챈 시스티나가 당황한 목소리로 외쳤다.

"저건…… 이빨이에요! 리엘의 충치가 빠졌어요!"

"뭐, 뭐라고?!"

놀라서 직접 확인하니 틀림없이 충치였다.

"아하~ 충치로 잇몸이 약해진 상태라 쓰러질 때의 충격으로 빠졌나 보군?"

그러자 세리카도 다가와 리엘의 입을 벌리고 확인했다.

"어디 보자…… 흠? 오, 다행이다! 리엘!"

"그, 그게 무슨 소리야, 세리카?"

"아니, 그게…… 방금 빠진 충치는 아무래도 젖니였던 것 같아."

"뭐어……? 젖니?"

"자세히 보니 충치가 빠진 자리에 새 이가 살짝 튀어나와 있더군. 이거라면 굳이 치료할 필요는 없겠지."

글렌도 직접 확인해보자 확실히 그 말대로였다.

"그럼 이젠 아픈 거 안 해도 돼?"

"그래, 안 해도 돼."

"그렇구나. ……응, 다행이다."

하지만 지금까지 자신들이 한 짓이 완전히 헛고생이었다는 것을 알게 된 글렌은—.

"이런 개고생을 했는데…… 뭐? 젖니? 끄응……."

"서, 선생님?!"

"정신 차리세요, 선생님?!"

충격이 너무 컸는지 그 자리에서 의식을 잃고 말았고, 그가 마지막으로 본 것은 당황한 얼굴로 자신에게 달려오는 루미아와 시스티나의 모습이었다.

훗날, 당연히 이 소동의 책임자로서 시말서와 감봉 처분(특히 할리가 평소보다 훨씬 더 엄격하고 집요하게 글렌의 책임문제를 추궁했다)을 받은 글렌은 다시 정상적인 식사 대신 시로테 수액을 섭취해야 하는 극빈 생활을 보내게 되었고, 리엘도 식후마다 열심히 양치질을 하게 된 것은 굳이 따로 언급할 필요도 없으리라.

THE JUSTICE

Memory records of bastard
magic instructor

어느 마술 길드의 본거지인 대저택.

"으아아아아아아아아아아아아아아아악!"

"비, 빌어먹을! 팔이! 내 팔이이이이이이이!"

"괴, 괴물! 저 자식은 괴물이야! 제, 제발 살려…… 커허억!"

현재 그곳의 홀에서는『죽음』이 만연하고 있었다.

천사의 모습을 본뜬 수많은 인공정령들이 사신처럼 검을 통파
휘두르고 있었기 때문이다.

그 복잡하기 짝이 없는 궤적의 섬광들이 눈에 제대로 보이지도 않을 정도의 무시무시한 속도로 지나간 자리에 남은 것은, 무참한 고깃덩이의 모습으로 해체된 가엾은 희생자들의 흔적 뿐.

끈적거리는 선홍색 피, 잘려나간 팔다리, 다채로운 색상의 내장들이 마치 기묘한 오브제처럼 바닥과 천장을 장식했다.

그렇게 고통과 절망과 공포의 삼중주를 배경음 삼아 펼쳐지는, 어떤 의미로는 철저하게 계산된 희곡 같은 엽기적인 참극이 이루어진 한복판에는 제국군의 마도사 예복을 입은 한 청년이 있었다.

키가 크고 마른 체격, 잿빛 머리카락, 창백한 피부. 충분히 미남의 범주에 드는 외모였지만 그것은 이성의 가슴을 두근거리게 하는 부류가 아닌, 보는 이를 섬뜩하게 하는 공

격적인 미모에 가까웠다.

또한 언뜻 보기엔 지성의 빛을 감춘 듯한 검은 눈동자는, 자세히 들여다보면 혼돈과 암흑이 뒤섞여서 일렁이고 있다는 것을 알 수 있으리라.

마치 악마나 사신이 인간의 모습을 가장한 듯한 이 청년이 바로 이 참극의 오케스트라를 연주하는 가짜 천사들의 지휘자였다.

청년이 그렇게 연주를 지휘하는 것처럼 양팔을 휘두르자 장갑에서 분말이 주위로 퍼져나갔고, 그 분말에서 구현화된 가짜 천사들이 다시 이 공간에 한층 더 지독한 죽음과 절망을 퍼트리기 위해 날개를 펼치기 시작했다.

청년의 특기인 연금술의 비오의, 툴파 소환술이었다.

"제, 제길! 또 나타났…… 끄아아아아악!"

"사, 《사나운 뇌제여·극광의 섬창으로·찌…… 으아아아아아아아아악!"

살아남은 인간들이 무시무시한 속도로 날아드는 가짜 천사들을 요격하기 위해 마술을 쓰려 했지만 반응이 느려도 너무 느렸다.

어떤 이는 주문을 외울 틈도 없이, 또 어떤 이는 주문을 반쯤 완성된 상태에서 처참한 고깃덩이로 변하고 말았다.

"이거 참…… 제법 강력한 마술 길드라고 들었는데 고작 이 정도 수준이라니…… 뭐, 이런 결과를 『예측』하긴 했지만 말이지."

청년은 그런 지옥도 속을 마치 익숙한 집 앞마당처럼 유유자적하게 걸었다.

그 발걸음이 향하는 곳에 있는 건 간신히 참극을 벗어나서 한 데 뭉친 몇 명의 생존자들이었다.

"어째서…… 대체 왜!"

생존자들의 우두머리가 외쳤다.

"제국 궁정 마도사단 특무분실의 집행관 넘버 11! 《정의》의 저티스 로우판! 네놈이 대체 왜 우리에게 이런 만행을……!"

하지만 청년, 저티스는 싸늘한 비웃음으로 대답했다.

마치 그 자신이 두르고 있는 어둠보다 깊고 어두운 미소였다.

"……마술 길드 《현록(賢錄)의 파벌》의 길드장 사이퍼 님? 당연한 걸 묻는군? ……그야 이것이야말로 『정의』이기 때문이지."

"정의?! 이게 정의라고?!"

지옥으로 변한 주위를 훑은 사이퍼는 분노로 떨리는 목소리로 외쳤다.

"이 일방적인 학살이 대체 뭐가 정의라는 거냐!"

"하하, 날 얕보지 마, 사이퍼. 무지몽매한 군의 윗대가리들이라면 모를까 설마 내가 모를 줄 알았어?"

그러자 저티스의 얼음장처럼 차가운 눈빛이 사이퍼를 꿰뚫었다.

"마술 길드 《현록의 파벌》…… 너희는 여왕 폐하의 인가를 받은 제국의 법인 조직이면서도 뒤에서는 그 사악하기 짝이 없는 테러 조직 《하늘의 지혜 연구회》와 비밀리에 협정을 맺고…… 금단의 마약 《엔젤 더스트》를 제조해서 조직에 넘기고 있었잖아?"

저티스가 그렇게 지적한 순간, 사이퍼는 눈을 부릅뜨며 당황했다.

"서, 설마 들킨 건가?! 말도 안 돼! 제국군이 이 정보를 파악했을 리 없는데……! 하, 하지만 그건……!"

"응, 됐어. 굳이 말하지 않아도 돼."

사이퍼가 뭔가 변명하려 하자 저티스는 온화한 얼굴로 어깨를 으쓱였다.

"뭔가 『사정』이 있었던 거지? 길드원들의 가족이 인질로 잡혔다거나, 누군가가 본보기로 살해당했다거나, 힘에 굴복해서 어쩔 수 없었다거나…… 등등. 응, 알아. 너희는 피해자야. 굳이 전부 말할 필요는 없어. 전부 알고 있으니까."

"그, 그럼……."

"하지만 용서할 수는 없어. 죽어."

잠시 희망을 품었던 사이퍼는 바로 절망의 나락에 떨어질 수밖에 없었다.

다음 순간, 삽시간에 접근한 가짜 천사들이 사이퍼를 지키고 있던 마술사들의 목을 일제히 날려 버렸기 때문이다.

분수처럼 솟구친 피가 사이퍼를, 천장을 붉게 물들였다.

"악에 굴복하고, 악에 가담한 너희에게 살 가치는 없어. 그런 건 내 정의가 용납 못 해. 판결은 사형이야. 죽음으로써 그 죄를 갚도록 하렴…… 쓰레기들."

그것이 마치 진리라는 듯이 아무런 망설임도 없이 살인을 저지른 저티스의 눈에는 쾌락살인자들이 흔히 보이는 가학성과 기쁨이 전혀 엿보이지 않았다.

거기 있는 것은 그저 올곧은 분노. 순수한 정의의 빛뿐.

그래서 더더욱 부각되는 저티스의 광기에 사이퍼는 끔찍한 두려움을 느낄 수밖에 없었다.

"큭……."

완전히 전의를 상실하고 말았다.

"……아, 알았다. 나도 내가 무슨 죄를 지은 건지는 잘 알아. ……내 죽음으로 죄를 갚도록 하마."

완전히 삶을 포기한 사이퍼는 힘없이 고개를 떨구었다.

"하지만 이 아이는…… 내 동생 리노만은 제발 살려다오!"

그 말을 듣고 자세히 보니 아직 열 살도 채 되지 않은 어린 소녀가 완전히 겁에 질린 얼굴로 사이퍼의 등에 매달려 있었다.

"리노는 정말 아무것도 몰랐어! 아무런 죄도 짓지 않았다고! 우리의 활동과는 아무런 관계도 없어! 길드원도 아니야! 애당초 마술사조차 아닌 일반인이라고! 그러니……!"

사이퍼가 울먹이며 필사적으로 애원한 순간―.

"그건 안 돼."

살을 파고드는 소름 끼치는 소리가 뒤에서 울려 퍼졌다.

"……킥?! 오, 오빠……?"

"리, 리노……?"

어느새 뒤에 나타난 천사가 창으로 동생의 심장을 찌른 것이다.

완벽한 치명상.

그렇게 어린 소녀는 오빠와 마지막 인사도 나누지 못한 채 절명하고 말았다.

"리, 리노……리노? 으아아아아악! 리노오오오오!"

그제야 사태를 파악한 사이퍼는 절규하면서 차갑게 식어 가는 동생의 몸을 부둥켜안았다.

그리고 증오 어린 눈으로 저티스를 노려보고 목이 찢어질 정도로 외쳤다.

"저티스 로우판! 왜! 대체 왜 내 동생까지 죽인 거냐!"

하지만 저티스는 말로 사람도 죽일 수 있을 것 같은 그 기세를 흘려 넘기며 태연하게 대답했다.

"그게 정의니까."

"뭐……?"

"유감스럽게도 난 알 수 있거든. ……오빠와 가족 같았던 길드원들이 눈앞에서 살해당한 그 아이는 훗날 복수귀가

되어서 이 제국에 해를 끼칠 존재가 될 거라고……『예측』했기 때문이야."

자신이 한 말을 전혀 의심하지 않는 태도였다.

"나 개인에게 원한을 품은 거라면 이대로 놔둬도 상관없었겠지만, 그걸로 그치지 않고 제국 그 자체에 이를 드러낸다면 그야 뭐, 죽이는 수밖에 없잖아?"

"그, 그게 무슨……."

"그 아이를 살리면 최종적으로 죄 없는 수백 명의 시민이 희생될 거야. ……하지만 여기서 죽여두면 그 사람들은 살 수 있겠지. ……크크크, 이게 『정의』가 아니면 대체 뭐겠어? 아하하하하!"

"마, 말도 안 돼……. 이, 인간이 그런 미래를 알 수 있을 리 없잖아!"

"난 『가능』해. 내 정의의 여신은 모든 것을 내다보는 무류(無謬)의 천칭이니까."

그리고 저티스가 손가락을 튕긴 순간, 수많은 가짜 인공정령이 내려와 동생의 시신을 끌어안은 채 넋을 잃은 사이퍼의 목에 검을 가져다 댔다.

"미쳤어……. 넌 완전히 미쳤다고! 저티스 로우판!"

사이퍼는 쥐어짜듯 그렇게 외칠 수밖에 없었다.

"네 눈에는 그렇게 보이겠지. ……어디까지나 네 눈에는."

하지만 그 말은 결국 저티스에게 닿지 않았다.

이윽고 모든 처리가 끝난 후—.

"정의. 집행 완료."

저티스를 옷자락을 펄럭이며 등을 돌렸다.

"크크크…… 흐흐…… 아하하하하하하하하하하하하!"

그리고 죽음을 알리는 흉조처럼 웃은 뒤 자신이 만든 시산혈해의 참극을 뒤로 했다.

 …………

알자노 제국 수도 오를란도의 교외에는 하늘에 닿을 듯한 다섯 개의 거탑으로 이루어진 건축물이 있다.

통칭 《엄마의 탑》, 제국 궁정 마도사단의 총본산이다.

그곳에 귀환한 저티스는 특무분실의 사무실로 가는 통로를 걷고 있었다.

그러자 그런 그를 본 다른 마도사들이 뒤에서 쑥덕거리기 시작했다.

"이봐, 혹시 들었어? 특무분실의 저티스가……."

"음. 이번 임무 현장도 참 처참했다는 소문은 들었지."

"아무리 그래도 너무 지나치잖아. ……우리가 나서서 항의라도 해야 하는 거 아냐?"

"그만둬! 저놈에겐 신경 쓰지 말고 그냥 내버려두라고! 전에 너처럼 저놈을 위험시해서 군에서 쫓아내려고 한 인간이 어떻게 된 줄 알기나 해? ……어느 날 갑자기 『사고사』로 처리됐다고!"

"그, 그렇다는 건 설마……?"

하지만 저티스는 전혀 개의치 않았다.

"으흠?"

그렇게 계속 걷고 있던 저티스는 이윽고 전방에서 낯익은 인물들을 발견했다.

"너…… 네놈이 무슨 짓을 한 건지 알기나 해?!"

"…………."

상관인 듯한 남성 마도사가 멱살을 잡고 고함을 지르는데도, 청년 마도사는 그것을 무시하고 불만스러운 얼굴로 입을 다물고 있었다.

하지만 상관은 곧 그 태도에 화가 났는지 청년에게 주먹을 휘둘렀다.

가만히 맞고만 있는 저 청년의 이름은 분명―.

'……글렌 레이더스?'

특무분실에 들어온 지 1년이 조금 넘은 젊은 마도사였다.

저티스는 마술사의 위계로만 따지면 삼류에 불과한 실력인 데도 자신보다 한참 위인 적들을 상대로 수많은 전과를 올려온 그를 흘겨보며 무심코 인상을 찌푸렸다.

'……흐음, 이상하네. ……이번에도 살아남다니.'

분명 그가 이번에 차출된 것은 어느 강력한 외도 마술사의 토벌 임무였을 터.

당시에 저티스는 자신의 오리지널 — 예지에 가까운 행동 예측 마술 — 로 그가 이번 임무에서 살아남을 확률은 지극히 낮을 거라고 예측한 적이 있었다.

'……두 달 전의 흡혈귀 사건도 그렇고 이번도 그렇고 이상할 정도로 끈질기게 생환하고 있어. ……확률상으로는 정말 말도 안 되는 일인데 말야.'

그래선지 군의 마도사들은 아무리 절망적인 상황에서도 생환하는 그를 가리켜 『백 번 싸워서 99번 지고 한 번 이기는 상대일지라도 그 한 번의 승리를 맨 처음 움켜잡는 남자』라고 평가했다.

하지만 자신의 오리지널에 절대적인 자신감을 가진 저티스에게는 늘 계산을 벗어나는 눈엣가시 같은 존재이기도 했다.

'뭐, 그건 그렇고…….'

저티스는 그런 속마음을 숨긴 채 방긋 웃으며 두 사람을 중재했다.

"자자, 그만 진정해. 미겔 블래커. 사람이 다니는 길목에서 싸우지 말라고."

"넌…… 저티스 로우판?!"

저티스를 돌아본 남자, 미겔은 증오 어린 눈으로 그를 노려보더니 마치 씹어 먹을 것처럼 고함을 질렀다.

"이봐, 너! 대체 몇 번을 말해야 알아들을 거지?! 난 네놈의 상관이다! 먼저 경례를 해! 그리고 경어를 쓰라고, 이 빌어먹을 자식아!"

미겔은 《천기장》의 계급장이 달린 자신의 가슴팍을 가리키며 말했다.

제국군의 계급체계는 《이등병》《일등병》《상병》이 일반병, 《종사》《종기사》《종기사장》이 하사관, 《정기사》《십기장》《백기장》이 사관, 그리고 《천기장》《만기장》《원사》가 장교인 식이었다.

참고로 글렌과 저티스의 계급은 최하급 사관인 《정기사》에 불과했기에 원래대로라면 장교인 미겔은 그야말로 구름 위의 존재나 다름없었다.

"하하하, 그건 그렇고 싸우게 된 원인은 뭐야, 미겔?"

하지만 저티스는 그런 것 따윈 눈곱만큼도 신경 쓰지 않았다.

"우리는 악을 멸하기 위해 싸우는 동료잖아? ……그런 우리가 내부 분열이라니…… 아아, 정말 슬프기 짝이 없는 일이군. ……그러니까 말로 해결하자고, 응?"

"크으윽~?!"

그 태도가 제대로 성질을 건드렸는지 미겔이 반사적으로 저티스의 얼굴을 향해 주먹을 휘둘렀다.

탁!

하지만 저티스는 그 주먹을 가볍게 손바닥으로 막은 뒤

그대로 부드럽게 감싸 쥐었다.

"오, 화해의 악수야? 나쁘지 않네. ……좀 거친 악수지만."

"윽?!"

그리고 미겔은 비지땀을 흘리며 그대로 굳어버렸다.

저티스가 잡은 주먹이, 팔이 그 자리에서 꼼짝도 하지 않았기 때문이다.

저티스는 그저 부드럽게 미소만 짓고 있을 뿐이었으나 그 눈은 마치 그의 속을 꿰뚫어보는 것처럼 차갑고 어둡게 빛나고 있었다.

미겔 역시 전투가 생업인 군인이다. 고작 이것만으로도 저 호리호리해 보이는 저티스의 실제 완력이 얼마나 무시무시한지 체감할 수 있었다. 만약 그가 『그럴 마음』만 먹으면 자신의 주먹 따윈 눈 깜짝할 사이에 종잇장처럼 구겨지리라.

"칫!"

조바심을 느낀 미겔이 뒤로 물러나려 하자 저티스도 그제 야 주먹을 놓아주었다.

"글렌 레이더스, 저티스 로우판……. 네놈들은 군이 무슨 애들 소꿉장난인 줄 아는 거냐?!"

그리고 미겔은 다른 손으로 그 주먹을 가리며 마치 싸움에 진 개처럼 짖어대기 시작했다.

"명령 위반에 독단 행동…… 바로 너희 같은 놈들이 우리 군을 좀먹는 암세포들이다! 참으로 한탄스럽기 짝이 없군! 그런 식의 행동이 여기서 계속 통할 거라고 생각하지 말도록!"

"아하하, 제멋대로라 미안. ……하지만 이곳에는 나보다 악을 잘 단죄하는 인재가 거의 없거든? 좀 더 의지할 수 있는 『대등한 동료』가 많다면 나도 좀 더 얌전하게 지낼 수 있을 텐데 말야. 그건 어떻게 생각해, 미겔?"

"큭…… 어디 두고 보자!"

에둘러서 『넌 약하다』고 조롱당한 미겔이 얼굴을 새빨갛게 붉히고 어깨를 들썩이며 마치 도망치는 것처럼 떠나려 한 순간, 저티스는 그런 그의 등을 향해 이렇게 중얼거렸다.

"하나만 충고할게, 미겔. ……네 얼굴에 죽을상이 보여."

"……?!"

"조심해. 오래 살고 싶으면 앞으로 좀 더 신중하게 행동하라고. 크크크……"

"시끄러워! 닥쳐!"

미겔은 더이상 못 어울려주겠다는 듯 씩씩거리며 떠나갔다.

"거 참, 이상하네. ……친절한 마음에서 해준 조언인데 말이지."

그러자 저티스는 어깨를 으쓱인 후 말없이 시선을 돌린 동료, 글렌의 어깨를 두드렸다.

"자, 글렌. 그만 가자. ……지금쯤 우리의 실장님이 기다리고 있을 테니까."

"……."

그리고 두 사람은 같이 특무분실의 사무실로 이동했다.

"……또야?! 이 문제아들 같으니!"

특무분실의 실장이자 집행관 넘버 1 《마술사》 이브 이그나이트는 책상 위에 보고서를 집어던지더니 결국 화를 참지 못하고 고함을 질렀다.

"저티스…… 당신이 이번 마약 밀매 루트 조사 임무에서, 군 첩보부의 그 누구도 파악하지 못했던 루트와 출처를 밝혀낸 건 확실히 큰 공적이었어."

"칭찬 고마워."

"하지만! 그 후에는 단독으로 본거지에 쳐들어가서 관계자를 전원 몰살?! 당신이 이번에 무슨 짓을 저지른 지 알기나 해?! 《현록의 파벌》은 표면상으로는 제국의……."

"하지만 결과적으로는 놈들에게…… 《하늘의 지혜 연구회》에 큰 타격을 준 셈이잖아?"

"……큭!"

저티스의 지적에 이브는 짜증스러운 얼굴로 이를 악물 수밖에 없었다.

"《엔젤 더스트》와 그 제조법은 전부 압수했고…… 《하늘의 지혜 연구회》에서 길드에 파견한 외도 마술사들도 그 자리에서 전부 처분했어. ……단 한 놈도 놓치지 않고. 만약 내가 이번 기회에 단독으로 쳐들어가서 몰살시키지 않았다면 그 제조법이 유출되고 외도 마술사들도 놓쳤을지 몰라. 그럼 나중에 얼마나 큰 피해를 초래할지……."

"그건……!"

"물론 나도 될 수 있으면 죄가 없는 길드원은 보호하고 싶었어. 하지만 전원이 예외 없이 《하늘의 지혜 연구회》의 사악한 사상에 물들어서 악행에 가담했더군. ……뭐, 이번에는 나도 어쩔 수 없었던 거야."

"……생포하거나, 포로로 삼는 건……."

"생포?! 포로?! 하하, 이봐. 실장. ……나 같은 수준의 마도사한테 조금만 실수해도 죽는 지옥 같은 전장에서 그런 판단을 내릴 여유가 있을 거라고 생각해?"

"~~~!"

그 뻔뻔한 반응에 이를 악문 이브는 이어서 글렌을 노려보았다.

"……글렌. 일단 오체만족으로 돌아온 건 축하할게. 하지만 당신도 이번 특급 외도 마술사, 라자로 에리크의 토벌 임무에서 독단 행동을 했다며? 토벌대의 지휘관인 미겔 각하께서 덕분에 완전히 체면을 구겼다며 길길이 날뛰었다고 들었어. 대체 왜 그런 짓을 한 건지 나한테 이유를 설명해줄래?"

"……."

그러자 글렌은 잠시 침묵하다가 입을 열었다.

"……미겔, 그 등신은 처음부터 인질을 전부 포기할 작정이었어. 심지어 너무 신중하게 군 나머지 라자로를 놓칠 수밖에 없는 이상한 명령을 내리더군. ……만약 내가 혼자서라도 움직이지 않았다면 인질은 전부 사망하고 피해도 커졌을 거야."

"……"

"그런데도 결국 전부 구하지는 못했어. 몇 명은 구했지만……나는……."

아무래도 그 결과가 만족스럽지 못했는지 글렌은 후회와 자책이 뒤섞인 표정으로 자신의 주먹을 내려다보았다.

"당신들은 정말이지……!"

이브는 그런 부하들의 대답에 짜증이 치솟는 걸 도저히 숨길 수 없었다.

언제 어디서나 독선적인 정의를 체현하고자 하는 저티스 로우판.

여전히 정의의 마법사라는 유치한 이상을 좇는 글렌 레이더스.

본인의 의지로 전장에서 아무렇지 않게 명령 위반을 저지르는 이 두 부하는 이브의 가장 큰 고민거리였다.

하물며 결과적으로는 늘 엄청난 공적을 올리고 있으니 더더욱 감당할 수가 없었다.

특급 외도 마술사 라자로 에리크를 아군의 피해 없이 암살한 글렌.

《엔젤 더스트》의 완전 박멸에 큰 공헌을 했을 뿐만 아니라 검사검사 《하늘의 지혜 연구회》의 고위 외도 마술사들을 혼자서 격파한 저티스.

그 과정에 문제가 있을지언정 결과만 놓고 보면 여왕이 직접 훈장을 수여해도 이상하지 않을 수준의 무공이었다. 물론 그 과정 때문에 공적을 정상적으로 인정받기는 어려울 테지만 말이다.

그리고 현재의 제국군에는 이런 우수한 인재들을 놔줄 여유가 눈곱만큼도 없었다. 아마 여느 때처럼 시말서와 형식뿐인 가벼운 징계로 끝나리라.

'……뭐, 글렌의 경우는 그나마 괜찮아. 명령 위반을 저질러도 최악의 경우 본인이 죽는 걸로 끝일 테니까.'

그렇다. 확실히 글렌은 명령 위반을 밥 먹듯 하지만 적어도 동료의 발목을 잡거나 위기에 빠트리지는 않았다. 그만한 분별력은 있는 것이다.

그의 명령 위반은 이를 테면 타협할 수 없는 현실과 이상 사이에서 일어나는 갈등의 부산물이자 자기 책임의 범주였다. 그런 까닭에 행동도 예측하기 쉬운 편이므로 제대로 된 감시역만 있으면 제어하는 건 어렵지 않았다.

'이제 곧 세라와 알베르트가 임무를 마치고 귀환할 거야. 그들에게 감시를 맡기면 글렌은 뭐, 괜찮겠지. 문제는…….'

이브는 이마에 땀을 흘리며 저티스를 돌아보았다.

"음? 왜? 이브 실장…… 내 얼굴에 뭐라도 묻었어?"

'문제는…… 이 남자야. ……저스티스 로우판!'

도무지 속을 헤아릴 수 없는 남자였다.

이브의 눈으로도 대체 어디까지나 진심이고 어디까지가 거짓인지 전혀 파악할 수 없었다.

그의 행동은 언뜻 감정적으로 보여도 실제로는 항상 철저하게 계산된 결과였다. 즉, 확신범인 것이다.

그 악마 같은 지혜를 통해 상부에서 문제 삼지 않는 선을 최대한 넘지 않으려는 경향을 보였다.

'이자는…… 역시 위험해. ……내 힘으로는 도저히 제어할 자신이 없어.'

확실히 문제 행동이 눈에 띄기는 해도 당장은 위에서의 명령을 비교적 얌전히 따르는 편이다. 하지만 그 또한 실제로는 본인이 정한 선을 넘지 않고 있으니 최대한 본색을 드러내지 않은 상태에 가까웠다.

그렇지만 만약 언젠가 그 선을 넘는다면?

그때 과연 어떤 반응을 보일지는 상상조차 할 수 없었다.

'아니. 이 남자는 언젠가 반드시 치명적인 문제를 일으킬 거야. ……그런 예감이 들어. 이 남자에게 특무분실의 넘버와 권한을 줘선 안 돼. 지금 당장 넘버를 박탈하고 특무분실에서 쫓아내야만 해……!'

그것이 특무분실 실장으로서 내린 냉정한 판단이었다.

'하지만 그건 불가능해! 군 상부에서는 저티스를 높이 평가하는 자들도 많고…… 무엇보다도 아버지가…… 이그나이트 경이 직접 나에게 그를 부하로 쓰라고 명령한 이상 거역할 수는 없어!'

이브의 친부 아젤 르 이그나이트.

여왕부 국군대신이자 국군청 통합 참모 본부장. 즉, 실질적인 군부의 톱.

그런 그가 저티스를 쓰라고 명령한 이상, 이브에게 다른 선택지는 존재하지 않았다.

"그건 그렇고 실장. 나도 같은 특무분실 멤버로서 한 가지 묻고 싶은 게 있어. ……요즘 글렌이 맡는 임무가 좀 이상한 것 같지 않아?"

저티스는 마치 이브를 책망하는 것처럼 아픈 부분을 지적했다.

"아무리 그래도 그렇지, 요즘 글렌에게 내려오는 임무들은 너무 도가 지나쳐. 어쩌다 우연히 해결했기에 망정이지 따지고 보면 하나 같이 언제 죽어도 이상하지 않을 어려운 임무들이야. ……아무쪼록 실장으로서 좀 더 동료들을 배려해줬으면 해."

이 말을 한 것이 평범한 사람이었다면 지극히 당연한 정론으로 받아들였으리라.

하지만 막상 저티스의 입에서 나오니 더할 나위 없이 수상하게만 들렸다.

"그, 그 정도는 나도 알아! 나라고 해서……!"

"하하하. 농담이야. 이브. 위에서의 명령과 압력 때문에 너도 꽤 고생하고 있다는 건 알아. ……그게 네 본심이 아니라는 것도. 뭐, 곤란한 일이 있으면 언제든지 우리를 의지해 줘. 우린 『동료』잖아? 크크크……."

"……큭!"

『동료』라는 말이 이토록 공허하게 들린 건 태어나서 처음이었다.

이브는 그런 저티스를 물어죽일 것처럼 노려볼 수밖에 없었다.

"……할 말은 많지만, 여기까지만 할게. 그보다 당신들에겐 긴급 임무가 떨어졌어. 군 상부에서 직접 당신들을 지명했어."

이윽고 그녀는 서랍에서 봉투를 하나 꺼내 책상 위에 올려다놓았다.

"어? 임무? 나와 글렌이 같이?"

그러자 저티스는 손으로 이마를 짚으며 천장을 올려다보았다.

"하하하, 그렇군! 과연! 세라와 알베르트, 그리고 버나드 옹(翁)이 없는 이 타이밍에 말이지? ……뭐, 언젠가 이 날이 올 줄은 알았지만 말이야."

"……응? 올 줄 알았다……?"

저티스의 기묘한 언동에 이브는 미간을 찡그렸다.

"아, 신경 쓰지 마. 너하고는 관계 없는 일이니까. ……물론 난 어떤 임무든 기꺼이 받아들일게."

"……."

마치 모든 것을 꿰뚫어보는 듯한 그 태도가 진심으로 소름끼쳤다.

실장으로서 이런 생각을 하면 안 되겠지만 솔직히 저티스가 임무에서 차라리 전사하길 바란 건 한 두 번이 아니었다. 물론 이 남자가 그런 실수를 저지르는 일은 절대로 없겠지만 말이다.

"……그래서? 나와 글렌이 맡게 될 임무는 어떤 거지? 설명해줄래, 실장?"

"……."

저티스의 저 혼돈과 심연이 뒤섞인 듯한 눈동자는 대체 무엇을 보고 있는 것일까.

이브로서는 도저히 짐작조차 할 수 없었지만 임무는 임무.

봉투를 자른 그녀는 다음 임무에 관한 브리핑을 시작했다.

…………

이브를 통해 군 상부에서 새로운 명령을 받은 저티스와

글렌은 바로 행동을 개시했다.

이번 임무의 목적지는 알자노 제국 북서부 해안 지역과 인접한 달트해(海)에 있는, 라일란드제도(諸島)에 속한 섬 중 하나인 엘릭섬이었다.

그곳에는 제국이 자랑하는 법의학 연구 시설인 『라일란드 법의학 연구소』가 있으며, 그 연구소의 소장인 제파르 디렉의 딸인 네쥬 디렉을 호위하는 것이 그들의 임무였다.

현재 저티스와 글렌은 군이 수배한 이동용 흐레스벨그를 타고 하늘을 이동하는 중이었다. 마차 같은 부유차량을 매단 거대한 새, 흐레스벨그는 아름다운 깃털 장식을 뽐내며 하늘을 가로지르고 있었다.

그리고 그 차량 안에는 저티스와 글렌이 대각선으로 마주 앉아 있었다.

"……."

글렌은 말없이 창밖의 거대한 바다를 멍하니 바라봤다.

마치 타인과의 대화 그 자체를 거부하는 모습이었다.

"그건 그렇고…… 호위임무라?"

하지만 저티스는 전혀 개의치 않고 그런 글렌에게 말을 걸었다.

"라일란드 법의학 연구소 소장 제파르 디렉의 딸 네쥬의 목숨을 누군가가 노리고 있는 모양인데…… 뭔가 좀 수상하다고 생각하지 않아, 글렌?"

"……뭐가?"

말을 거는데 완전히 무시할 수는 없는지 글렌은 짜증스러운 목소리로 대답했다.

"왜 그런 어린 계집 따위를 호위하는 임무에 특무분실의 멤버인 우리가 차출돼야 하는 건지 도저히 이해할 수가 없거든. 이런 임무에 어울리는 한가한 인간은 굳이 우리가 아니라도 얼마든지 있잖아?"

저티스는 입가를 싸늘하게 일그러뜨렸다.

"이런 말을 하긴 좀 그렇지만, 우리가 처리해야 할 중요한 안건은 산더미처럼 많아. 아무리 중요 인물의 딸이라지만, 고작 평범한 여자 하나 지키자고 우리를 보낼 여유는 현재의 제국군에는 없어. ……너도 그렇게 생각하지?"

"……"

"아, 그러고 보니…… 제파르 디렉은 제국 궁정 마도사단 마도기술 개발실의 파견 무관을 지낸 경력도 있다고 했었지. 흐음…… 글쎄, 과연?"

거기까지 말한 저티스는 과장스러운 태도로 생각에 잠기는 척을 했다.

"……넌 결국 무슨 말을 하고 싶은 거지?"

"글쎄? 딱히?"

글렌이 묻자 저티스는 시치미를 떼며 의미심장하게 웃었다.

"다만…… 왠지 꽤 즐거워질 것 같은 예감이 들었거든."

"……."

"그러고 보니 너랑 둘이서 같은 임무를 맡는 건 이번이 처음이던가? 하하하, 아무쪼록 잘 부탁할게."

글렌은 대답하지 않았다.

이상주의자에 호인인 글렌이 저티스의 잔학한 방식을 좋게 보지 않는다는 건 당연히 본인도 알고 있었다.

하지만 그럼에도 저티스는 계속 대화를 이어나가려고 시도했다.

"그건 그렇고…… 요즘 네 활약은 정말 대단해."

"……."

"군에서 널 어떻게 평가하는지 알아? ……『백 번 싸워서 99번 지고 한 번 이기는 상대일지라도 그 한 번의 승리를 맨 처음 움켜잡는 남자』라더군. 넌 그만큼 언제 죽어도 이상하지 않은 가혹하고 어려운 임무들을 해결하면서 어마어마한 전과를 올리고 있어."

"……."

"대단한 남자야, 넌. 그런 너와 함께 임무를 맡을 수 있어서 영광……."

"……대단하긴 뭐가 대단하다는 거야."

끈질기게 말을 거는 게 짜증이 났는지 결국 글렌이 말문을 열어버리자, 저티스는 작전이 성공했다는 듯 눈을 가늘게 뜨고 입을 다물었다.

하지만 그 사실을 눈치채지 못한 글렌은 퉁명스럽게 뒷말을 이을 뿐이었다.

"내가 지금까지 대체 얼마나 많은 이들을 지키지 못했는지 알기나 해?"

"……"

"살아남았다? 가혹한 임무를 해결? 전과를 올렸다? 그딴 건 아무래도 상관없어. 지키지 못하면 의미가 없다고……!"

그렇게 말을 쥐어짜내는 글렌의 표정에는 고뇌와 후회와 피로가 가득했다.

"하지만…… 난 아직 포기 못 해. 아직이야. ……난 아직 더 걸을 수 있어. 아직……."

"……"

"저티스…… 네 방식은 나도 알아. 하지만 난 그런 방식은 절대로 인정 못 해. 만약 내 앞에서 똑같은 짓을 하기만 해 봐…… 바로 그 자리에서 가차 없이 때려눕혀주겠어."

그렇게 말을 내뱉은 글렌은 다시 창밖으로 거칠게 시선을 돌렸다.

'흠……'

그런 글렌을 잠시 관찰한 저티스는 이윽고 결론을 내렸다.

'아아, 역시. 역시 이 남자는 보잘 것 없는 『잔챙이』에 불과해…….'

진심으로 실망한 듯 마음속으로 비웃었다.

만약 이 자리에 혼자 있었다면 성대한 한숨을 내쉬었으리라. 그만큼 허탈감이 심했다.

　'양보할 수 없는 신념이 있는 것도 아니고, 강철 같은 정신력을 가진 것도 아니야. 지금의 글렌은 이미 마음이 꺾이기 직전……. 그 약한 마음을 지탱하고 있는 건 고집과 허세뿐이야. 그런데도 아직도 『정의의 마법사』라는 꿈을 포기하지 못하는, 이상과 현실조차 구별하지 못하는 건방진 애송이…… 그것이 바로 이 글렌 레이더스라는 비참한 남자의 정체였어.'

　어쩌면 대화를 통해 자신이 경의를 표할 만한 『강함』의 일부라도 보여주지 않을까 기대했지만 완전히 기대가 어긋났다.

　이런 값싼 정의감을 가진 인간 따윈 어디서나 쉽게 찾아볼 수 있었다. 마치 자신이 비극의 히어로라도 된 것 같은 비장한 기분에 잠긴 얼간이라면 더더욱…….

　'하지만 도저히 이해할 수가 없군. ……이런 『약해빠진』 남자가 어떻게 확률을 뛰어넘고 지금까지 수많은 사선을 거치며 살아남을 수 있었던 거지?'

　다시 한 번 그 의문을 떠올린 저티스는 자연스럽게 반발심이 생기는 것을 느꼈다.

　'홋. 이 남자가 날 내켜하지 않는 것처럼 아무래도 나 역시 이 남자가 마음에 들지 않는 모양이네.'

　저티스는 속으로 그렇게 생각하면서도 겉으로는 전혀 내

색하지 않고 우호적인 태도를 취했다.

"아하하. 사정은 잘 모르겠지만 너무 지나치게 책임감을 느끼는 거 아냐? 어깨 힘 좀 빼, 글렌. ······그런 식으로는 오래 못 버텨."

"······."

"앞으로 친하게 지내보자고. ······우린『동료』니까 말야."

역시 공허하게만 들리는 그 말을 끝으로 두 사람은 무겁게 입을 다물었다.

그런 차량 안의 분위기를 알 리 없는 이송용 흐레스벨그는 힘차게 목적지를 향해 날아갈 뿐.

이윽고 수평선 너머에서 섬의 모습이 천천히 가까워지기 시작했다.

라일란드 제도에 속한 엘릭섬은 인구 천 명 정도의 외딴섬이다.

하지만 이 섬에 있는『라일란드 법의학 연구소』는 법의술 전문의 공적 연구기관, 즉, 군사 행동에 필수적인 힐러 스펠을 연구하고 개발하는 제국군의 주요 시설이었다.

그래서 제법 많은 예산이 투입되고 있기에 섬의 도시는 제도에 비할 바는 아니어도 지방 도시라는 생각이 들지 않을 정도로 발전된 모습을 보였다.

비행을 마치고 엘릭섬에 상륙한 저티스와 글렌은 곧장

『라일란드 법의학 연구소』로 이동했다.

연구소는 마치 시내의 치료원처럼 보이는 새하얀 저택이었다.

광대한 부지 내에는 정기적으로 사람의 손길이 닿은 흔적이 있는 정원도 있었다.

입구의 경비실에서 바로 출입 수속을 끝낸 저티스와 글렌은 연구소장을 만나기 위해 시설 안으로 발을 들여놓았다.

"오오, 두 분이 그 특무분실의! 먼 길을 오느라 고생 많으셨습니다!"

소장실로 들어가자 백의를 걸친 온화한 분위기의 40대 중년 남성 제파르가 악수와 정중한 인사로 두 사람을 환영했다.

"허허, 설마 특무분실의 뛰어난 마도사가 두 분이나 와주실 줄이야! 이걸로 제 딸의 안전은 확보된 거나 다름없군요! 와주셔서 정말 감사합니다!"

"뭐, 저희들에게 전부 맡겨주시죠. 따님의 생명은 저희가 목숨을 걸고서라도 지킬 테니 말입니다. ……그게 저희의 임무니까요. 크크크……"

저티스는 변함없이 가면 같은 미소를 짓고 인사치레로 대답했다.

"아, 그래도 안심하시길. 저 같은 재능 없는 인간은 그렇다 쳐도 이 글렌 레이더스는 정말로 우수한 마도사니까요.

실제로……."

그리고 빈말을 늘어놓기 시작했지만 글렌이 나서서 본론을 꺼냈다.

"그래서? 그『누군가가 목숨을 노리는 아가씨』는 어디 있지? 그리고 댁의 입으로 직접 자세한 상황을 듣고 싶군. ……물론 우리도 사전 정보는 숙지하고 오긴 했지만 말야."

"그렇군요. 그럼 말씀드리겠습니다."

제파르가 귓속말을 건네자 비서는 고개를 끄덕이고 소장실을 나갔다.

그리고 잠시 후 휠체어를 밀면서 돌아왔다.

그 휠체어에 타고 있는 건 한 소녀였다.

선이 가늘고 피부가 창백한 덧없는 분위기의 소녀였다. 간소한 환자복을 입은 몸은 언뜻 보기에도 바짝 말라 있어서 오랫동안 투병 생활을 했다는 걸 미루어 짐작할 수 있었다.

그녀는 마치 뭔가를 두려워하는 것처럼 고개를 떨군 채 두 사람과 시선을 마주치려 하지 않았다.

하긴 갑자기 이런 살상 무기를 휴대한 군인 두 사람이 나타났으니 당연하다면 당연하리라.

"제 딸 네쥬입니다."

제파르는 안쓰러운 표정으로 딸을 소개했다.

"선천적으로 어떤 골치 아픈 폐병을 앓고 있어서…… 벌써 몇 년이나 이 연구소의 병동에 입원 중이지요. 어릴 때부터 몇 번이나 발작을 일으키는 바람에 고비를 넘긴 것도 한두 번이 아닙니다."

"그런가. ……그건 뭐라고 위로해야 좋을지 모르겠군."

글렌은 모호하게 말꼬리를 흐릴 수밖에 없었다.

"의사들은 너나 할 것 없이 성인이 될 때까지 살 수 없을 거라고 하더군요. 하지만 전 무슨 일이 있어도 사랑스러운 제 딸을 구하고 싶어서…… 일반적인 의술로 무리라면 법의술에 기대봐야겠다는 생각으로 줄곧 여기서 딸을 고치기 위한 연구를 계속하고 있지요."

"……."

"하지만…… 마침내 그런 제 연구가 결실을 맺기 시작한 겁니다! 이제 조금만…… 조금만 더 있으면 치료법이 확립될 겁니다! 이 연구가 성공하면 제 딸은 살 수 있을 겁니다! 그런데…… 그런데 설마 이런 일이 일어나다니!"

제파르는 머리를 감싸 쥐며 한탄했다.

"대체 누군지는 모르겠지만, 딸의 목숨을 노리는 놈들이 이런 예고를 보낸 겁니다!"

그리고 품속에서 봉투를 하나 꺼냈고 글렌은 그것을 받아 내용을 확인했다.

『연구를 중지하라. 딸을 구하지 마라. 그렇지 않으면 딸을 죽이겠다.』

자를 대서 쓴 글씨로 살해 예고가 적혀 있었다.

"……이건?!"

협박문을 본 글렌은 이를 악물 수밖에 없었다.

"흐응~?"

하지만 저티스는 겉으로만 관심 있는 척 하며 대충 흘려넘겼다.

"처음에는 질 나쁜 장난이라고 생각했습니다만, 얼마 전에 누군가가 딸의 식사에 독을 탔더군요. 우연히 눈치챘기에 망정이지 만약 모르고 먹었다면 딸은 지금쯤……."

"그랬군. 아무튼 이 협박범은 진심이라 이건가……."

글렌이 속으로 분노를 삭이자 제파르가 울먹이며 성토했다.

"이게 대체 무슨 해괴한 짓이란 말입니까! 늘 죽음을 두려워하며 살아온 제 딸이, 이제야 겨우 살 수 있을지도 모르는 희망을 찾았는데…… 이런, 이런 비열한 짓을 하다니……!"

"그래, 확실히 용서할 수가 없군. ……제파르 씨. 혹시 이런 짓을 저지를 만한 사람으로 짚이는 데는 없어?"

"……유감스럽게도 있긴 있습니다."

제파르는 안타까운 표정으로 목소리를 쥐어짜냈다.

"전 저의 먼 친척들을 의심하고 있습니다."

"……친척?"

"예. 외람되지만, 저희 디렉가는 나름 유력한 귀족 가문입니다. 상당한 땅과 재산을 보유했다고 자부하지요. 그리고 네쥬는 제 외동딸…… 그런 제 딸이 죽기만 한다면……."

"그 막대한 재산이 언젠가 자신들의 손에 들어올 거라는 건가? ……칫, 뻔하지만 유력한 동기군. 빌어먹을!"

"뭐, 그렇지. 정말 흔해빠진 이야기야. ……진심으로."

글렌은 분노했고 저티스는 어깨를 으쓱였다.

"지금 수상한 친척들은 군 상부에서 조사 중입니다. 두 분께선 그 사이에 아무쪼록 제 딸을 지켜주셨으면 합니다! 위험한 일이라는 건 압니다만 부디……!"

제파르는 깊이 고개를 숙여 부탁했다.

"……그래, 그러지. 딸은 내가 지켜줄 테니 안심해."

글렌이 힘차게 고개를 끄덕이며 결심한 그때였다.

"꺄아아아아아아아아아아아아아아아아악!"

별안간 벽이 무너지는 듯한 소리와 함께 날카로운 비명이 들렸다.

"뭐, 뭐지……?!"

"흐응? 뭐, 일단 바로 가보는 편이 좋을 것 같네."

글렌이 반사적으로 전투태세를 취하고 저티스가 다시 한 번 어깨를 으쓱인 순간ㅡ.

쾅!

갑자기 소장실의 벽이 세 방향에서 제각각 무너지며 거대한 뭔가가 안으로 침입했다.

"뭐, 뭐야! 이 자식들은⋯⋯!"

그것들의 정체는 이형의 괴물이었다.

박쥐 날개에 전갈 꼬리가 달린 사자의 모습.

제국에 서식하는 그 어떤 마수종과도 일치하지 않았다. 마치 별개의 생물들을 강제로 합성한 듯한 끔찍한 괴물들이 세 마리나 모습을 드러낸 것이다.

그리고 세 마리는 야생의 살기를 드러내며 네쥬를 노려보았다.

"히익!"

사냥감을 노리는 강렬한 본능이 깃든 눈빛들을 마주한 네쥬는 마른 침을 삼키고 그 자리에서 굳어버릴 수밖에 없었다.

"크허어어어어어어어어어어어어엉!"

대기를 뒤흔드는 포효와 동시에 가장 가까이에 있던 괴물이 온몸의 근육을 꿈틀거리며 무시무시한 속도로 네쥬를 노리고 달려들었다.

괴물의 이가, 발톱이, 거대한 질량이 공기를 가르면서 소녀에게 육박했다.

연약한 소녀의 몸으로는 감당할 수 없는 과도한 폭력.

이 자리의 모두가 다음 순간 벌어질 비참한 광경을 각오한 그때—.

"어디서 감히!"

바람처럼 등장한 글렌이 왼팔을 들어 괴물을 막았다.

그러자 괴물의 엄니가 강철보다 튼튼한 특수 섬유로 짠 마도사 예복과 백마 【보디 업】으로 강화, 증폭된 살을 뚫고 뼈를 찔렀다.

"……아아앗?!"

네쥬는 자신을 감싼 글렌의 등을 망연자실한 눈으로 바라보았다.

"《붉은 들개여·분노하고·포위하여 울부짖어라》!"

그리고 글렌이 주문을 완성하자 괴물에게 물린 왼팔에서 폭염이 치솟았다.

"깨갱?!"

괴물은 기겁하며 팔을 뺄고 뒤로 크게 물러났다.

"흐읍!"

그러자 글렌은 바로 몸을 회전시킨 뒤 오른손으로 퍼커션식 리볼버를 뽑았고, 격철을 고속으로 패닝하며 총 여섯 발의 납탄을 거의 동시에 발사했다.

회색화약이라 불리는 마술화약의 폭발로 추진력을 얻은 그 여섯 발의 탄환은 괴물의 급소로 추정되는 부분에 전부 명중했다. 그러자 충격과 위력을 감당하지 못한 괴물의 몸이 마치 공처럼 날아가 벽과 충돌했다.

"커허어어어어어어엉!"

"카아아아아아아아아아아아악!"

하지만 바로 교대하는 것처럼 남은 두 괴물이 양쪽에서 네쥬를 노리고 달려들었다.

휠체어에 앉은 그녀는 당연히 꼼짝도 할 수 없었지만, 글렌은 즉시 권총을 버리는 동시에 몇 가닥의 강철선을 발출해 오른쪽에서 달려든 괴물의 목과 몸과 팔다리를 칭칭 휘감았다.

하지만 글렌과 괴물 사이에는 압도적인 체격차와 절망적인 근력차가 존재했기에 고작 이 정도로 움직임을 막는 건 불가능했다.

"《울부짖어라 바람 · 울부짖으며 쳐라 · 쳐 날려버려라》!"

하지만 글렌은 주문으로 그것을 가능하게 만들었다.

갑자기 거센 돌풍이 그의 오른팔을 휘감나 싶더니 강철선을 타고 괴물의 몸을 공중에 들어올렸다.

"우오오오오오오오오오오오오오오오오오오오오!"

글렌은 그 타이밍을 노리고 온몸에 마력을 해방했다.

신체 능력 강화 술식에 마력을 흘려보내서 단 한순간만 완력을 극한까지 강화해, 마치 낚시라도 하는 요령으로 강철선에 묶인 괴물을 돌풍과 함께 반대쪽 괴물을 향해 집어던졌다.

"꺄아옹!"

"깨갱!"

그러자 충돌한 괴물들이 무력하게 바닥을 뒹굴었다.

"다친 데는 없어?! 네쥬!"

글렌은 엉망이 된 왼팔을 힘없이 늘어트린 채 네쥬의 안부를 확인했다.

"……아…….."

"걱정하지 말고 물러나 있어! 내가 널 지켜줄 테니까!"

그렇게 말한 글렌은 강철선을 파기하고 이번에는 손가락 사이에 낀 투척용 장침에 마술을 부여하기 시작했다.

'칫! 당장 위기는 모면했지만, 저쪽에 큰 대미지는 주지 못했어……!'

실제로 괴물들은 상처 하나 없이 멀쩡한 상태로 몸을 일으키기 시작했다.

'제길…… 어떻게든 네쥬를 다른 장소로 피난시켜야 하는데……!'

짝짝짝짝…….

하지만 그 긴박한 분위기 속에서 난데없이 박수소리가 울려 퍼졌다.

"아하하! 제법이잖아, 글렌."

저티스였다. 그는 괴물 따원 전혀 안중에 없는 얼굴로 글렌에게 찬사를 보내고 있었다.

"훌륭한 판단력과 담력이야. 왼팔을 희생해서 네쥬를 감싸고 즉흥 개변한 【블레이즈 버스트】로 괴물의 턱을 분리…… 그리고 체격차를 극복하기 위해 이번에도 즉흥 개변한 【게일 블로】와 강철선으로 괴물을 날려버리다니……. 사격 솜씨와 체술도 아주 훌륭하더군! 과연 그 버나드옹의 애제자다워! 굉장해!"

그것은 여태까지와는 달리 진심이 담긴 말이었다.

"솔직히 말하자면…… 난 어차피 너 따윈 제3계제에 불과한 삼류 마술사라고 깔보고 있었어. 하지만 실전에서 보여준 네 모습은 그런 편견을 깨트리기에 충분했지. 설마 그런 식으로 싸울 줄은…… 아니, 그것이야말로 진정한 마술사의……"

"지금 그렇게 주절대고 있을 때냐!"

글렌은 눈치 없는 저티스에게 짜증을 드러내며 고함을 지를 수밖에 없었다.

"상황을 좀 봐! 아마 이 괴물들은 소환수…… 범인이 네 쥬를 살해하려고 보낸 자객들일 거야! 우린 이 녀석들로부터 네쥬를 지켜야 한다고! 그러니 너도 어서……!"

그리고 거기까지 말한 그때—.

"하하하, 괜찮아. 글렌."

저티스가 그런 글렌을 손으로 제지했다.

"뭐?! 대체 뭐가 괜찮다는……."

"……**이미 다 끝났거든.**"

그 말이 끝남과 동시에 세 마리의 괴물은 산산조각으로 해체된 후 단순한 고깃덩이로 변하고 말았다.

"어? ……응?"

그리고 너무나도 현실과 동떨어진 광경에 넋을 잃은 글렌 앞에서 마수들의 시체는 먼지로 모습을 바꾸고 소멸했다.

"그치? 내가 『예측』한 대로야."

하지만 저티스는 그저 당연하다는 얼굴로 웃을 뿐이었다.

'이건…… 설마 저티스가?!'

글렌은 전율하는 동시에 저티스의 옆얼굴을 훔쳐보았다.

'이 자식, 대체 어떻게 한 거지?! 분명 주문을 외우는 낌 새도, 마력의 움직임도 전혀 없었어! 그런데 수십 발의 군용 마술을 명중시켜도 안 죽을 것 같은 괴물들을 이런 눈 깜짝 할 사이에……!'

"이봐, 글렌…… 혹시 내 얼굴에 뭐라도 묻은 거야?"

하지만 본인은 별거 아니라는 듯 어깨를 으쓱일 뿐이었다.

"하하하, 이건 사실 네 공적이야. 글렌. 네가 잘 막고 있어 준 덕분에 지원하기가 편했거든. 크크크…… 아무래도 우린 꽤 좋은 콤비가 될 수 있을 것 같지 않아?"

글렌은 그런 농담에 반응할 여유조차 없었다.

이 순간, 그의 정신을 지배한 것은 경악과 전율뿐이었다.

'……가, 강해. ……분하지만, 이 사이코 자식은…… 강해!'

특무분실에는 알베르트, 이브, 버나드, 세라 같은 일기당 천의 괴물들이 우글거리고 있지만 눈앞의 저티스는 그런 그 들과 전혀 방향성이 다른 괴물이라고 인정할 수밖에 없었다.

'원래는 믿음직스럽다고 느껴야겠지만……!'

불길한 예감밖에 들지 않았다.

이 순간, 글렌은 저티스와 언젠가 반드시 대치할 수밖에 없을 거라는 확신에 가까운 예감을 받았다.

"……!"

그런 운명을 느낀 글렌이 험악한 표정으로 저티스를 노려본 그때였다.

"저, 저기……."

뒤에서 누군가가 조심스럽게 말을 걸어왔다.

"그, 그게…… 왼팔은…… 괜찮……으세요?"

고개를 돌리자 휠체어를 탄 네쥬가 창백한 안색으로 글렌을 걱정스럽게 올려다보고 있었다.

"저기…… 방금…… 저 대신…… 파, 팔을……."

그러자 갑작스러운 습격으로 활처럼 팽팽하게 긴장됐던 분위기가 급속도로 느슨해지기 시작했다.

제파르와 비서들은 다리에 힘이 풀린 듯 그 자리에 주저앉았고, 글렌도 일단 저티스에 대한 경계심을 풀고 다시 네쥬를 돌아보았다.

"뭐랄까…… 자기소개가 늦었군. 난 제국 궁정 마도사단 특무분실의 집행관 넘버 0《광대》글렌 레이더스야. 오늘부터 네 호위를 맡기로 했어. 앞으로 잘 부탁해."

그리고 그녀의 불안을 덜어주기 위해 최대한 밝고 부드러운 목소리로 말했다.

"팔은…… 뭐, 신경 쓰지 마. 명예로운 부상이니까."

솔직히 말하면 구멍이 뚫린 데다 불로 지지기까지 했으니 눈물이 찔끔 나올 정도로 아팠다.

바닥을 데굴데굴 구르면서 빨리 치료해달라고 울부짖고 싶은 심정이었다.

하지만 참았다. 남자니까 이럴 때는 참을 수밖에 없었다.

"하, 하지만…… 그래도 절 위해 그런 심한 상처를……."

"진짜 괜찮다니까! 이런 건 핥아두기만 해도 금방 나아! 자!"

네쥬가 계속 걱정스러운 시선을 보내자 글렌은 일부러 오른팔의 상처를 핥아보였다.

"……아. 그러고 보니 이러면 그 괴물들이랑 간접 키스한 거…… 우웨에에에에에에엑!"

하지만 곧 끔찍한 사실을 되새기고 그 자리에서 속을 전부 게워냈다.

그런 글렌의 모습을 본 네쥬는 눈을 휘둥그레 뜬 후—.

"아하…… 아하하! 글렌 씨는…… 참 이상한 분이시네요."

결국 참지 못하고 밝게 웃음을 터트렸다.

"그래도…… 감사해요, 글렌 씨. 이런 절 지켜주셔서…… 정말…… 고맙습니다."

"신경 쓰지 마. 이게 내 일이니까. 뭐, 산재 보상금도 나올 테고!"

글렌이 몸을 바쳐 감싼 덕분인지 두 사람은 방금 처음 만난 사이인데도 어느새 자연스럽게 웃음을 주고받을 수 있었다.

"하하, 글렌 씨가 계시면 이젠 제 딸도 안심할 수 있겠군요!"

"예, 그 말씀대로입니다."

"그건 그렇고 역시 특무분실이군요. 정말 믿음직한 분들입니다."

제파르와 비서들도 그제야 무거운 짐을 내려놓은 듯한 홀가분한 얼굴이었다.

그렇게 밝고 따스한 분위기가 조성된 한편.

"……."

저티스는 마치 모든 것을 꿰뚫어본 듯한 싸늘한 미소를 지은 채 그들의 모습을 가만히 흘겨보고 있었다.

…………

이렇게 해서 네쥬의 호위 임무가 시작되었다.

정체와 규모와 목적을 알 수 없는 적을 상대해야 하는 호위 임무인 탓에 글렌은 거의 24시간 내내 네쥬와 붙어있을 수밖에 없었다.

하지만 첫날의 습격에서 믿음직스러운 모습을 보여준 덕분인지 네쥬가 글렌에게 마음을 완전히 열기까지는 그리 긴 시간이 필요하지 않았다.

"흐응…… 알베르트 씨는 무서운 분인 줄만 알았는데 의외로 유쾌한 면도 있는 분이셨네요."

"……좀 아니꼽긴 하지만 말야."

글렌은 그녀가 하루의 대부분을 보내는 연구소 병동의 하얀 개인실 침대에 누운 네쥬에게 끊임없이 다양한 이야기를 들려주었다.

"평소에는 욕 나올 정도로 더럽게 고지식한 녀석이지만…… 방금 이야기한 것처럼 진짜 아주 가끔 해괴한 짓을 저지를 때가 있거든."

"아하하, 왠지 글렌 씨가 난처해하는 모습이 눈앞에 보이는 것 같네요."

딱히 오락이라 할 만 한 것이 없기 때문인지 네쥬는 늘 글렌의 이야기를 즐겁게 들어주었다.

"하지만…… 글렌 씨는 내심 알베르트 씨를 의지하고 계신 거 아닌가요……? 말씀만 들어보면 왠지 그런 것 같은데……."

"뭐? 내가 그 녀석을? 훗, 농담하지 마. 나랑 그 녀석은 불구대천의 원수라고. 그 녀석하곤 근본적으로 성격이 맞지 않아."

"예에~? 진짜로요~?"

"진짜라니까! 어째선지 한 팀을 짤 때가 많긴 하지만, 솔직히 완전 민폐야."

"후훗…… 왠지 세라 씨의 고생을 알 것 같네요."

"왜 이 타이밍에 세라를 언급하는 건데……?"

"글쎄 어째서일까요~? 그건 그렇고 글렌 씨의 동료는 다들 멋진 분들이네요. ……건너서 이야기만 들은 건데도 한번 만나 뵙고 싶을 정도예요."

"야야, 아서라. ……솔직히 특무분실 놈들은 나 말곤 죄다 독극물이나 다를 바 없어. 지금 네가 만났다간 놀라서 바로 뻗어버릴걸?"

"그럼…… 만약 제 병이 나으면요?"

"……그때는 뭐…… 생각해볼게."

"우후후, 약속해주시는 거예요? 약속."

글렌은 그렇게 매일 같이 네쥬 곁에 붙어서 평범한 일상 이야기를 들려주는 평온한 시간을 보내고 있었다.

이것도 굳이 따지자면 임무였지만 얼마 전까지 그가 겪어온 고난과 위기에 비하면 전사의 휴식이라 봐도 무방한 한때였다.

지금도 누군가가 그녀의 목숨을 노리고 있다는 사실을 한순간 잊을 정도로 평화로운 시간이 천천히 흘러가고 있었다.

천천히…….

하지만 환자인 네쥬는 이따금 용태가 급변할 때도 있었다.

"콜록! 콜록! 콜록!"

발작을 일으킨 그녀는 발열과 기침으로 괴로워했다.

"글렌…… 씨…… 저, 저…… 콜록! 쿨럭!"

"……괜찮아. 넌 괜찮을 거야."

그런 날은 그녀가 원하는 대로 계속 손을 잡아주었다.

"콜록콜록! 글렌 씨…… 콜록! 저, 전…… 무서……무서워요……!"

"네쮸……."

"콜록! 콜록! 저, 괴로워서…… 정말…… 괴로워서……! 어쩌면 이번에야말로……이번에야말로 정말…… 죽어버리는 게 아닐까 싶어서…… 콜록! 하아…… 하아…… 저, 전 발작이 일어날 때마다, 늘 그런 생각만…… 콜록콜록! 무, 무서…… 무서워서 견딜 수가 없어요……."

"……걱정하지 마. 괜찮을 거야."

글렌은 네쮸의 손을 잡은 손에 힘을 주었다.

덧없고 가엾은 이 소녀를 마치 이 세상에 붙들어 놓으려는 것처럼…….

"……방금 제파르 씨가 주사를 놔주고 갔잖아? 괴로운 건 지금뿐이야. 넌 마음이 약해진 것뿐이니까…… 걱정하지 마. 곧 나아질 거야."

"저도…… 알아요…… 콜록! 하지만……전…… 무서워서…… 지금까지 대체 어떻게 살아있는 걸까 싶은 생각만 들어서……."

"……."

"글렌 씨…… 손을…… 손을 잡아주세요……."

"응. 난 여기 있어. 안심해. 안심하고 쉬어."

글렌은 그렇게 발작에 괴로워하는 네쥬를 격려했다.

그녀가 의식을 잃을 때까지 계속…….

언제까지나…….

그런 괴로운 날이 있으면 평화로운 날도 있었다.

그날 글렌은 네쥬가 탄 휠체어를 밀면서 병동 밖의 정원에 나와 있었다.

하늘은 쾌청했고 부드러운 바람에 흔들리는 화단의 다채로운 꽃들이 두 사람을 맞이해주었다.

"몸은 좀 어때? 네쥬."

"……아, 감사합니다. ……덕분에 많이 나아졌어요."

체온이 떨어지지 않도록 어깨에 스톨을 얹은 네쥬가 감사를 표했다.

"하! 난 아무것도 한 게 없거든? 네 발작이 진정된 건 제파르 씨의 처방 덕분이야."

"그래도…… 글렌 씨는 밤새 제 손을 잡아주셨는걸요……."

"……뭐, 그러긴 했지."

"글렌 씨는 그저 호위일 뿐인데…… 일 때문에 제 곁에 계시는 것뿐인데…… 그렇게까지 할 의무도 필요도 없는데…… 그런데도 가족처럼 절 격려해주시고…… 늘 곁에 계서주시네요."

그리고 그녀는 글렌을 돌아보며 미소 지었다.

"이것도 전부 글렌 씨의 꿈인 『정의의 마법사』가 되기 위해선가요?"

"아니, 솔직히 그건 관계없어. 눈앞에 괴로워하는 인간이 있다면 뭔가 해주고 싶고…… 힘이 되어주고 싶은 건…… 아마 인간으로서 지극히 평범한 감정 아닐까? 내가 특히 유별난 건 아닐 거야."

그 대답에 네쥬는 방긋 웃으며 말했다.

"역시 글렌 씨는…… 정말 친절하고 다정하신 분이네요. 처음 봤을 땐 좀 퉁명스러운 느낌이라 무서웠는데 말예요."

"야, 대체 누가 퉁명스럽다는 거야? 세상에 나 같은 멋진 청년이 또 어디 있다고."

"후후후, 그러게요. ……아아~ 왠지 세라 씨가 부러워요."

"……응? 세라? 왜 이 타이밍에 세라를 언급하는 건데?"

"예~? 그치만…… 응? 어라? 하지만 그렇다는 건…… 어쩌면…… 나한테도 기회가 있을지도……?"

어째선지 장난스럽게 웃으며 글렌을 올려다보는 네쥬는 기분 탓인지 뺨이 약간 상기된 것처럼 보였다.

"영문을 모르겠네, 진짜. ……아무튼, 그만 돌아가자. 너무 오랫동안 밖에 있으면 몸이 식을지도 몰라."

글렌은 그런 식으로 따스한 담소를 나누며 천천히 네쥬가 탄 휠체어를 밀었다.

천천히……

첫날 이후로 그녀를 노리는 범인에게 아무런 움직임도 없기 때문인지 그렇게 시간은 평화롭게만 흘러갔다.

천천히……

하지만 그런 두 사람을 멀리서 감시하는 깊은 어둠도 존재했다.

"…………"

저티스였다.

그는 한시도 빠짐없이 멀리서 그런 두 사람을 감시하고 있었다.

마치 어둠 속에서 사냥감을 노리는 육식동물처럼 숨을 죽인 채 도무지 그 속내를 파악할 수 없는 무저갱 같은 눈으로.

…………

글렌은 호위 때문에 거의 24시간 내내 네쥬와 붙어 있었지만 가끔 약 한 시간씩 떨어져 있을 때도 있었다.

네쥬가 그 선천적인 병을 치료하기 위해 제파르의 진찰을 받는 시간이었다.

마침 지금도 그녀는 진찰을 위해 자리를 비웠다.

아무리 호위라고 해도 연구 시설을 허락 없이 함부로 돌아다닐 수는 없었기에 지금 글렌은 네쥬의 개인실 밖에서 벽에 등을 기대고 서 있었다.

물론 미리 색적 결계를 걸어서 비상사태도 충분히 대비했다.

"……."

글렌이 그렇게 한가한 시간을 보내고 있자 마침 복도 너머에서 누군가가 다가왔다.

"……저티스."

"안녕, 글렌. 오늘도 열심인걸."

그는 형식적으로 우호를 표시하면서 다가왔고 글렌은 눈살을 찌푸리며 날카롭게 쏘아붙였다.

"흥…… 넌 참 팔자도 좋다? ……호위 대상인 네쥬는 나 몰라라 하고 늘 혼자서 어딜 싸돌아다니고 말야."

"……."

하지만 저티스는 아무런 대답도 하지 않았다.

"첫날 이후로 범인이 아무런 움직임도 보이지 않아서 다행이지…… 임무에 좀 성실하게 임하는 건 어때?"

"……."

"뭐, 특무분실의 집행관이 둘이나 붙었으니까…… 저쪽은 이미 겁을 먹고 내뺀 걸지도 모르겠지만."

글렌이 그런 식으로 계속 타박한 순간―.

"하아~."

저티스가 별안간 성대하게 한숨을 내쉬었다.

"아아, 글렌. ……난 슬퍼. 진심으로 슬퍼. ……넌 대체 어디까지 내 기대를 배신해야 직성이 풀리는 거지? 아무리『예측』하고 있었다지만, 이런 건 좀 너무하잖아?"

태도는 연기처럼 과장스러웠지만 말투에는 숨길 수 없는 경멸이 드러나 있었다.

"……넌 또 무슨 말을 하고 싶은 거냐?"

"나 참…… 정말 모르고 있었던 거야? 최근 들어서 너한테만 부자연스러울 정도로 몰린 위험한 임무들…… 그리고 이번 임무…… 얼마 전에 네쥬의 식사에서 독이 발견됐다는 수상하기 짝이 없는 이야기…… 마치 우리가 오는 걸 기다린 것처럼 부자연스러운 타이밍에 등장한 괴물들…… 이상할 정도로 너한테만 아양을 떠는 네쥬…… 힌트는 이토록 많았는데도 말야."

"……뭐?"

글렌은 진심으로 무슨 소릴 하는지 모르겠다는 듯 어안이 벙벙한 표정을 지었다.

"넌『백 번 싸워서 99번 지고 한 번 이기는 상대일지라도 그 한 번의 승리를 맨 처음 움켜잡는 남자』…… 확률을 왜곡하면서까지 살아남았다면 뭔가 터무니없는 상황 판단력이나 삶과 죽음의 틈새를 본능적으로 탐지하는 동물적인 후각의 소유자일지도 모른다고 기대했지만…… 아무래도 내 오해였던 것 같네. ……그렇다면 과연 이토록 꼴사나운 넌 대체 어떻게 지금까지 살아남을 수 있었던 걸까?"

"야, 적당히 좀 해."

무슨 말을 하는지 전혀 모르겠지만 자신을 대놓고 모욕하고 있다는 것만은 알 수 있었다. 글렌은 그런 저티스의 멱살을 잡고 눈을 희번덕거리며 위협했다.

"제대로 된 공통어로 떠들어. 네가 뭔 소리를 지껄이는지 난 전혀 모르겠다고."

"……잘 들어, 글렌. **지금 우리는 적의 함정에 빠진 상태야. 완전히.**"

하지만 저티스는 한없이 어두운 눈동자와 한기마저 느껴지는 싸늘한 미소로 글렌을 유쾌한 듯 바라보며 더더욱 영문을 알 수 없는 발언을 했다.

"이대로 있으면 우린…… 확실하게 죽어."

"뭐?! 너, 인마…… 그게 대체 무슨……!"

동요한 글렌이 그 진의를 물으려 한 그때였다.

두근……!

갑자기 심장이 크게 뛰며 시야가 흔들렸다.

"아……?!"

뜨거웠다. 몸이 단숨에 뜨거워지며 열이 올랐다.

무시무시한 발열. 사고가 삽시간에 어지러워지고 제대로

된 생각을 할 수 없었다.

이 너무나도 갑작스러운 신체 변화에 당황한 것도 잠시뿐.

"커헉!"

이윽고 글렌은 성대하게 피를 토했다.

시커멓게 죽은 피가 바닥에 끈끈하게 퍼져 나갔다.

"크, 윽?! 뭐야, 이건……!"

문득 시선을 내리자 피부 여기저기에 검은 멍 같은 반점이 빠르게 퍼지는 것이 보였다.

"커헉! 쿨럭! 마, 말도 안 돼……. 내 몸이 대체 어떻게 된……!"

"시작된…… 모양이네."

시선을 돌리자 저티스도 비슷한 몰골이었다.

피를 토하며 피부에는 검은 반점이 퍼지고 있었다.

"콜록콜록! 아하, 하하하하하…… 이렇게 될 줄 『알았지만』, 역시 이건 좀 괴로운걸. ……쿨럭! 콜록! 하하하하…… 하하하하하…… 커헉!"

피를 토하면서도 계속 유쾌하게 웃는 저티스는 마치 제정신이 아닌 것처럼 보였다.

"……너, 너, 이 자식…… 대체 무슨 짓을……! 쿨럭!"

"콜록! 하하하! 별거 아니야……. 그저 시험해보고 싶은 것뿐……."

"시, 시험……?"

"크크크…… 안심해, 글렌. ……이제 곧 알게 될 테니까.

"……이제 곧."

그런 대화를 나누는 사이에도 몸에는 힘이 들어가지 않아 제대로 서 있을 수조차 없었고, 의식은 천 갈래 만 갈래로 찢어지기 시작했다.

"……제기랄……."

결국 두 사람은 그대로 쓰러져 정신을 잃고 말았다.

그리고 잠시 후, 눈앞에 있는 치료실의 문이 열리더니 그 안에서 나온 제파르와 네쥬가 피를 토하고 쓰러진 특무분실의 집행자 두 명을 감정이 전혀 느껴지지 않는 눈으로 내려다보았다.

"홋…… 잘했다, 네쥬. 아무래도 완전히 『감염』된 모양이군?"

"……예."

"자, 그럼…… 빨리 검사부터 해야겠군. 운반해!"

제파르가 손을 휘두르자 마치 까마귀의 머리 같은 마스크와 전신 방호복을 입은 연구원들이 어디선가 우르르 몰려들었다.

그리고 그들은 의식이 없는 글렌과 저티스를 들것에 싣고 단단히 구속한 후 어딘가로 옮기기 시작했다.

두 사람이 옮겨진 곳은 연구소의 지하 시설이었다.

그곳에는 수술대와 의료용 마도기기 같은 최신 설비가 갖춰져 있었고 사방의 벽에는 용도를 알 수 없는 약품이 빼곡하게 쌓인 선반이 놓여 있었다.

진찰대 위에서는 글렌과 저티스의 각종 생체 정보가 튜브들을 통해 마도 전산기로 전달되는 중이었고 그 주위에서는 까마귀 가면을 쓴 연구원들이 분주하게 뭔가를 조사하고 있었다.

"훌륭해! 예상했던 것 이상이다, 네쥬!"

그 검사 결과를 본 제파르는 무심코 환호성을 터트렸다.

"주장(咒葬)병기【흑유사병(黑幽死病)】은 이걸로 완성이다! 네쥬, 넌 이로써 네 몸을 좀먹고 있던 레이스페스트균(菌)을 완전히 지배한 거다! 진정한 의미에서 레이스페스트균의 세계 첫 보균자가 된 셈이지!"

"……."

제파르가 기뻐하는 한편, 네쥬는 그저 공허한 얼굴로 고개를 숙이고 있을 뿐이었다.

"이 주장병기의 힘만 있으면《하늘의 지혜 연구회》입단뿐만 아니라 간부 계급도 약속된 것이나 다름없을 터! 그리고 제국군은 물론이고 세상을 제압하는 것도 가능하겠지! 흐흐, 흐하하하하하하! 드디어 내 시대가 온 거다! 흐하하하하하하하하하하하하!"

네쥬는 홍소를 터트리는 제파르에게 애원했다.

"저, 저기, 아버지…… 그럼 이젠 된 거죠? 이제 절 이런 끔찍한 역할에서 해방해주세요……!"

"음? 그러고 보니…… 이 연구가 완성되면 실험체 역할에서 해방해준다고 약속했던가? ……후후후, 지금까지 정말 고생 많았다. ……선천적으로 레이스페스트에 강한 내성을 가진 특이체질이었다곤 해도 어릴 때부터 그 병균 때문에 항상 삶과 죽음의 경계를 헤매왔으니 말이지……."

"아, 아버지……."

"그것도 이젠 끝이다. 진정한 레이스페스트 술식이 완성됐으니 앞으로는 캐리어를 양산하는 것도 그리 어렵지는 않겠지. 너 역시 실험체에서 해방되고, 어느날 언제 덜컥 죽어버릴지 모르는 운명에서 해방될 거다. ……그 고통과 부자유스러운 나날에서 완전히 해방되는 셈이지. ……그동안 정말 고생 많았다."

"아, 아아…… 드디어…… 흑…… 드디어…… 드디……어…… 난……."

지금까지 줄곧 견뎌왔던 죽음의 공포와 고통에서 해방되는 순간을 눈앞에 둔 네쥬는 양손으로 얼굴을 가리며 눈물을 뚝뚝 흘렸다.

"하지만 일단 그러기 전에……."

그러나 제파르는 그런 딸에게 의식을 잃은 집행관들을 가리킨 뒤 명령했다.

"저 둘을 죽여라. ……저들의 병상을 치사 수준까지 끌어올리는 거다."

"……예?! 주, 죽이라구요?"

그 순간, 네쥬는 얼굴이 새파랗게 질린 채 아연실색했다.

"어째서……?"

"당연한 걸 묻는군. 실제로 충분히 인간을 죽일 만한 위력이 있는지 증명해야 《하늘의 지혜 연구회》에서도 내 성과를 확실히 인정해주지 않겠느냐. 그래서 난 캐리어인 너에게 감염자의 증상을 자유자재로 진행할 수 있는 술식을 새겨넣었지. 그리고 그 편리성, 확실성, 즉효성이야말로 주장병기【레이스페스트】의 가장 큰 장점이다. 자, 시작해라. 저 둘을 네 손으로 죽이는 거다!"

제파르가 외쳤지만 네쥬는 말을 잃은 채 넋을 잃고 서 있을 뿐이었다.

"자, 어서!"

다시 한 번 제파르의 외침이 싸늘한 실내에 울려 퍼졌지만 네쥬는 한동안 꿈쩍도 하지 않고 그대로 굳어 있었다.

"……그, 그런……그런 건 무리예요! 저, 전……!"

이윽고 네쥬가 간신히 거부하는 말을 쥐어짜낸 순간―.

짜악!

제파르가 창백하게 질린 그녀의 뺨을 후려쳤다.

"멍청한 계집…… 이제 와서 대체 뭘 두려워하는 거냐."

"그, 그치만……!"

"애초에 나와 넌 주장병기【레이스페스트】를 완성한 시점에서 절대로 씻어낼 수 없는 대죄를 지은 것이나 다름없다. 이 【레이스페스트】는 앞으로 수없이 많은 인간을 죽음에 이르게 하겠지. 그런데 이제 와서 네 손으로 한두 명쯤 죽인다 한들 무슨 차이가 있겠나."

"……아."

네쥬는 아연실색했다.

"뭐지? 설마 이제야 깨달은 건가? 아니면 지금까지 현실을 직시하지 않고 있었던 건가? 네가 모르는 어딘가에서, 네가 만든 주장병기가 인간을 대량으로 학살해도 넌 아무래도 상관 없었던 거냐?"

"그, 그렇지는…… 저, 전…… 그저 괴로워서…… 죽는 게 두려워서…… 아버지가 【레이스페스트】의 진정한 제어 술식을 완성하면 이 괴로움에서 해방해줄 거라고 하니까…… 오로지 그것만 생각하고…… 하지만…… 아……아아아아……."

제파르는 머리를 감싸 쥐고 뒷걸음질 치는 네쥬를 한층 더 몰아붙였다.

"네쥬. 다시 언제 죽을지 모르는 생활로 돌아가고 싶은 거냐? 매일 죽음을 두려워할 필요 없는 건강한 인생을 보내고 싶지 않은 거냐?"

"아……아…… 싫어……."

"말해두겠는데, 넌 일단 살아있지만 언제 갑자기 죽어버려도 이상하지 않아. 【레이스페스트】에 감염된 넌 계속 그런 아슬아슬한 상태로 살아온 거다. ……한시라도 빨리 그런 상태에서 해방되고 싶지는 않은 거냐?"

"아……아아, 아아아아……!"

네쥬는 머리를 부둥켜 안은 채 세차게 고개를 저었다.

"크크크…… 네가 죄책감을 느낄 필요는 없다. ……이건 네가 살기 위해 필요한 희생이었던 거니까."

"필요한 희생……?"

"그래, 필요한 희생이다. 인간이 살기 위해 다른 동식물을 죽여서 양분으로 삼는 것과 다를 바 없어. 그것이 바로 생물의 원죄이자, 살기 위해 짊어져야 할 업이다."

"다를 바 없다……?"

"그래."

그 말을 들은 네쥬는 결심을 굳힌 듯 고개를 들어 글렌을 응시했다.

"하아……! 하아……! 하아……!"

숨을 가쁘게 몰아쉬며 손바닥을 앞으로 내밀었다.

잠시 집중하자 네쥬의 왼손에 피처럼 붉은 문양이 떠올랐고 뒤에서는 검은 그림자가 피어올랐다.

검은 안개 같은 무언가로 이루어진 유령의 그림자였다.

그것의 윤곽이 뚜렷해지는 동시에 글렌의 온몸에 검은 멍 같은 반점이 빠르게 퍼져나가기 시작했다.

"자, 죽여라."

"하아……하아……."

네쥬는 집중했다. 한층 더 집중했다.

"죽여. 죽여. 죽여."

"하아……! 하아……!"

네쥬는 숨이 차오르는 것을 견디며 한층 더 강하게 집중했다.

"……커헉!"

그러자 빠르게 진행되는 죽음의 병에 생명력을 빼앗긴 글렌이 정신을 잃은 상태로 갑자기 죽은 피를 토했다.

"어서 죽여어어어어어어어어어어어!"

그리고 지하실 안에 제파르의 광기 어린 고함이 울려 퍼진 그때—

…………

"하아! 하아! 하아! 하아……."

네쥬는 그 자리에서 털썩 주저앉고 말았다.

끊임없이 눈물을 흘리며 그 자리에 힘없이 고개를 떨구었다.

어느새 그녀의 뒤에 나타났던 검은 안개 같은 유령은 완전히 사라진 후였다.

"……못 해요! 전 못 죽여요! 저에겐 무리라구요!"

네쥬는 머리를 감싸 쥐고 울부짖었다.

"이런 무거운 죄를 지은 저에게도 그토록 친절하게 대해준 사람을…… 그런 사람을 죽이는 건…… 도저히……!"

"칫! 이 바보가!"

제파르는 다시 한 번 네쥬의 뺨을 세게 후려쳤다.

"어리석은 녀석! 설마 좀 친절하게 대해줬다고 그새 정을 품은 거냐?! 내 딸이지만 참 헤픈 계집이로군!"

그리고 진찰대 위에 누운 글렌을 험악하게 노려보았다.

"흥! 뭐, 상관없다. 저것들은 이미 늦었으니까! 한 번 감염되고 증상이 나타난 이상 늦건 이르건 병이 진행돼서 죽을 수밖에 없는 운명이지! 어차피 결말은 마찬가지다!"

"그, 그럴 수가……!"

그 말을 들은 네쥬는 제파르에게 매달려서 애원했다.

"제발 저 사람들을 살려주세요! **그건** 이미 완성됐잖아요?! 전 어떻게 되든 상관없으니까……! 아무런 관계도 없는 저 분들만은……!"

"멍청한 녀석! 이제 와서 어떻게 살려주라는 거냐! 우리가 완성한 금단의 연구가 외부에 알려지면, 우리와 이곳의 연구원들은 **그분**의 손에 의해 모조리 입막음을 당할 게 당연하거늘! 우린 이미 물러날 곳이 없단 말이다!"

"그, 그럴 수가……."

그 말에 네쥬가 절망하며 흐느낀 순간이었다.

"아니, 너희가 그런 걸 신경 쓸 필요는 없어."

제파르와 네쥬 주위에 있던 연구원들의 목이 일제히 날아갔다.

머리를 잃은 몸에서 대량의 피가 분수처럼 사방으로 쏟아졌고 새하얀 연구실 안은 어느새 새빨간 지옥도로 변해 있었다.

그런 너무나도 갑작스러운 사태에 제파르와 네쥬는 말문이 막힌 채 굳어버릴 수밖에 없었다.

그리고 그런 두 사람 앞에 어느새 구속을 푼 한 남자가 일어나며 가볍게 웃음을 흘렸다.

"어차피 너희는 이제 곧 숙청될 테니까. ……내 『정의』를 증명하기 위해."

그리고 암흑보다 깊고 어두운 눈동자에 깃든 절대영도의 눈빛이 처단해야 할 죄인들을 응시했다.

저티스 로우판.

불길한 미소를 지은 지옥의 단죄자가 바로 눈앞에 있었다.

"마, 말도 안 돼. 어떻게……?"

얼굴이 새파랗게 질린 제파르는 몸을 떨면서 뒷걸음질 쳤다.

"넌 분명히 감염됐을 터……. 증상이 사망 직전까지 진행됐을 터……. 깨어날 리가…… 의식을 유지할 리가 없을 텐데……!"

"이렇게 될 줄 『알고』 있었거든. 그래서 나름대로 방비는 해두고 있었어. ……뭐, 어차피 이대로 내버려두면 【레이스 페스트】가 진행돼서 곧 죽겠지만."

"……뭐?"

저티스가 아무렇지 않게 대답한 순간, 제파르는 경악할 수밖에 없었다.

"아, 알고 있었다고? 대체 어떻게……? 아니, 그보다 넌 이렇게 될 줄 알았으면서도 일부러 이 죽음의 병에 감염됐다는 거냐?!"

"하하하, 맞아. 내 목숨 따윈 아무래도 상관없거든. 나에게 중요한 건 『정의』가 올바르게 집행돼서 『악』이 사라지는 것뿐. ……하지만 이번만큼은 한 가지 목적이 더 있었어."

저티스는 옆의 진찰대 위에 누운 글렌을 슬쩍 흘겨보았다.

"……내 눈으로 글렌의 진가를 확인하는 거지."

"대, 대체 그게 무슨……."

"아, 넌 신경 쓸 필요 없어. 이제 곧 죽을 인간과는 아무런 상관도 없는 일이고, 너처럼 구역질나는 사악한 존재는 절대로 이해할 수 없을 테니까."

저티스는 진찰대에서 가볍게 뛰어내리며 양팔을 앞으로 휘둘렀다.

그러자 장갑에서 흩날린 가루에서 천사의 모습으로 변모한 완전 무장 상태의 툴파들이 제파르와 네쥬를 즉시 포위했다.

"히익?!"

"아, 아아…… 제, 제발 목숨만은……!"

툴파들의 검과 살기에 노출된 제파르와 네쥬는 완전히 절망에 빠진 얼굴로 몸을 덜덜 떨기 시작했다.

하지만 저티스는 그런 두 사람을 완전히 무시한 채 감회 어린 목소리로 혼잣말을 시작했다.

"그래, 드디어…… 드디어 이 순간이 왔군. 마침내 이 시시한 촌극에 막을 내리고 진짜 무대가 시작되는 거야! ……크크크크! 아하하하하하하하!"

그리고 등을 크게 뒤로 젖히더니 즐거워서 견딜 수 없는 얼굴로 광기 어린 웃음을 터트렸다.

"자, 글렌! 이제 네 차례야! 네 진가를 보여줘! ……네가 진짜인지, 아니면 가짜인지…… 나에게 확인시켜 달라고! 하하하하하하! 아하하하하하하하하하하하하하하하하하하하하하하!

…………

……툭.

어둠 속에 침전된 의식의 틈을 찌르는 작은 자극을 계기로 글렌의 의식이 물 위로 떠오르는 작은 거품처럼 서서히 부상했다.

"……크, 으……."

글렌은 마치 늪에 잠긴 것처럼 무거운 몸을 천천히 일으켰다.

"……뭐, 뭐지? 나, 나는…… 대체……."

그리고 몽롱한 의식 속에서 자신의 상태를 확인하기 시작했다.

견딜 수 없는 불쾌감. 메스꺼움. 정상적인 사고를 불가능하게 하는 열. 온몸을 찌르는 듯한 추위.

"콜록! 쿨럭!"

뱃속에서 치미는 뭔가를 기침과 함께 토해내자 검게 죽은 피가 바닥에 질척하게 퍼져 나갔다. 저것이 자신의 피라는 것을 자각하니 소름이 돋았다.

심지어 온몸에는 멍처럼 검은 반점이 생겨 있었다.

아무리 봐도 정상적인 상태가 아니었다.

"······내, 내 몸이······ 대체 어떻게 된 거지? 콜록!"

경악한 글렌이 혼란스러워 한 그때—

"이제 좀 정신이 들어? 글렌."

고막을 찌르는 누군가의 목소리.

"원래는 이미 죽었거나 의식을 회복하지 못해야 정상이지만, 내가 특별히 조정한 영질(靈質) 강화제를 투여한 덕분에 어느 정도는 움직일 수 있을 거야. 사실······."

그리고 책을 덮는 소리가 들렸다.

"······이대로 있으면 너와 난 틀림없이 죽겠지만."

글렌이 시선을 돌리자 그곳에는······ 지옥이 펼쳐져 있었다.

"아, 아아아아아아아앗?!"

아무래도 여긴 지하에 있는 시설인 것 같았으나 지금 그런 건 아무래도 상관없었다.

눈에 들어온 것은 붉게 덧칠된 공간과 머리가 없는 수많은 시체들.

또한 원을 그리고 선 채 일제히 창을 들고 있는 툴파들과 그 창끝에 걸린 제파르의 모습이었다.

마치 산제물 같은 모습의 그는 당연히 절명한 상태였다. 그리고 공포와 절망과 고통으로 점철된 표정은 그가 죽기 전에 겪은 참극을 미루어 짐작하게 했다.

"그, 글렌 씨…… 흑…… 흐흑……."

그리고 그런 거짓말 같은 광경 속에서 네쥬가 마치 용서를 구하는 것처럼 무릎을 꿇고 목에는 툴파들의 검이 닿은 채 공포에 질려서 울고 있었다.

"음, 기분은 좀 어때?"

그 옆에서 수술대 위에 다리를 꼬고 앉아 손으로 책의 페이지를 넘기는 건 다름 아닌 저티스였다.

"저티스, 너 이 자식!"

그 순간, 글렌은 고통을 잊고 그렇게 외칠 수밖에 없었다.

"대체 무슨 속셈이야! 이게 다 네가 한 짓이냐?! 네쥬에게서 당장 저 검들을 치워!"

"진정해, 글렌. 전부 설명해줄 테니까."

하지만 저티스는 전혀 위축되지 않고 느긋한 목소리로 대답했다.

"먼저, 너랑 난 함정에 빠진 상태였어."

"……뭐?!"

"제국군 상부에 하늘의 지혜 연구회와 내통한 인물이 있는데…… 그자는 우리의 활약에 늘 불만을 품고 있었거든. 아무튼 요즘 너와 난 하늘의 지혜 연구회에 꽤 큰 피해를 줬으니까. ……다시 말해, 너랑 난 그들의 기준에서 『선을 넘어버린』 셈이겠지."

"……?!"

글렌은 경악할 수밖에 없었다.

"그래서 그 인물은 임무를 구실 삼아 눈엣가시인 우리를 처리하고자 했어. ……때마침 부하인 제파르가 어떤 연구를 완성시켰다는 소식을 듣고."

"제파르?! 설마……!"

저티스는 글렌의 의문을 무시하고 설명을 계속했다.

"주장병기【레이스페스트】. 치사성 병원균을 영혼체(靈魂體)로 바꾼 후 인간의 에테르 그 자체에 감염시켜서 죽음에 이르게 하는 병. ……음. 뭐, 요컨대 감염되면 백 퍼센트 사망하는 대(對)생물용 주술병기라고 보면 돼."

"뭐? 인간의 에테르 자체에 감염……? 그 끔찍한 악의의 결정체는 또 뭐야! 그게 인간이 할 발상이야?! 마술사라는 것들은 대체 어디까지……!"

본인도 마술사이기에 인간의 살의와 악의를 극한까지 응축한 그 악마적인 발상의 본질을 이해하고 만 글렌은 그저 경악할 수밖에 없었다.

"그럼 설마……! 지금 우리 몸에 일어난 이 증상이……!"

"맞아. 그【레이스페스트】야. 공기 감염으로 눈 깜짝할 사이에 판데믹을 일으키는 사신의 낫이지."

저티스는 글렌의 발밑에 어떤 서류 다발을 던졌고 글렌은 떨리는 손으로 그것을 주워들었다.

대체 어디서 입수한 건지 모르겠지만 그것의 정체는 제파르가 직접 쓴【레이스페스트】에 관한 연구 보고서였다.

글렌은 혐오와 경악이 뒤섞인 눈으로 차례차례 페이지를 넘겼다. 거기에는 끔찍하기 짝이 없는 연구 과정, 비인도적인 연구 내용, 극비로 진행된 위법 인체 실험 등이 기록되어 있었다.

그것으로 글렌이 상황을 전부 파악했다고 판단한 저티스는 다시 입을 열었다.

"하지만…… 제어할 수 없는 힘은 아무리 강력해도 병기가 될 수 없어. 병기로 쓰려면 즉효성도 필요해. 주장병기라는 이름까지 붙인 이상, 감염과 발병을 제어하는 장치가 필요했어. 그게 바로 캐리어…… 네쥬였지."

저티스가 마치 판결을 내리는 것처럼 진실을 밝히자 네쥬가 어깨를 흠칫 떨었다.

"이능력의 일종일까? 그녀는 선천적으로【레이스페스트】에 걸려도 감염 증상은 나타날지언정 절대로 죽지는 않는 특이 체질을 갖고 있었어. 캐리어의 연구 실험체로서는 그야말로 최상의 소재였던 셈이지."

"아……."

"【레이스페스트】는 캐리어의 호흡을 통해 주위로 확산돼서 공기를 매개로 타인을 감염시키는 병이야. 그리고 감염자도 다시 호흡을 통해 주위로 확산시키는 식이지. 제파르는 그 캐리어가 감염된 인간들의 발병과 진행 상황을 불가역적으로 완전히 조작할 수 있게 하는…… 그런 악몽 같은 마술식을 개발하고 있었던 거야."

"세상에……."

마침 글렌도 연구 보고서에서 『네쥬』라고 적힌 항목을 발견했다.

"그리고 제파르는 마침내 완전한 【레이스페스트】 제어 술식을 완성하고 말았어. 특이체질인 네쥬가 아니어도 【레이스페스트】 캐리어를 만들 수 있는 수단을 확립하고 만 거지. 심지어 그자는 이 연구 성과를 선물로 하늘의 지혜 연구회에 입회하려는 계획까지 꾸미고 있었지."

"……."

"이제 알겠지? 글렌. 이건 이미 인류 그 자체에 대한 죄야. 용서받을 수 없는 거대한 악이지. 자비는 없어. 그 죄는 죽음으로 갚는 게 당연하잖아? 그리고……"

저티스는 의사 영소 분말을 뿌려서 검을 생성했다.

그리고 그것으로 네쥬의 미간을 겨누며 선언했다.

"……그건 당연히 이 여자도 예외가 아니야."

"히익?!"

"너희, 죄인들은 죽음으로써 그 죄업을 갚아야만 해!"

저티스의 눈에 절대영도의 살기가 깃든 순간ᅳ.

"잠깐!"

글렌이 끼어들었다.

"확실히 제파르는 변명할 여지가 없어…… 하지만 네쥬는 아니잖아! 저 녀석은 강제로 실험체가 된 것뿐이야! 이용당했을 뿐이라고! 네쥬에게는 아무런 죄도 없어!"

"어설퍼. 참으로 어설프군, 글렌. ……이 여자는 의심할 여지가 없는 악이야."

"웃기지 마! 아무리 생각해도 네쥬는 악인이 아니잖아!"

"거 참…… 인간의 주관으로 타인의 선악을 판단해선 안 되는 법이야, 글렌."

"그게 네 입으로 할 소리야?! 이 크레이지 사이코 정의충 자식아!"

"응, 물론이지. 난 해도 돼"

저티스는 글렌의 지적을 가볍게 흘려 넘기며 대답했다.

"예를 들어서 악인이라 불리는 인간이 때로는 약자를 지키거나 선인이라 불리는 인간이 때로는 약자에게 해를 끼치는 것처럼 인간은 다양한 일면이 있는 존재야. 그러하기에

개인의 판단과 감정론으로 인간의 선악을 판단하는 건 용납
될 수 없어. 내 말이 틀려?"

"……?!"

"유일하게 인간의 선악을 판단하는 기준이 있다면…… 그
건『죄』의 유무야. 너도 동의하지?"

"그, 그건……."

"죄를 미워하되 인간을 미워하지 말라는 말도 있잖아? 그
건 인간을 단죄하려면 개인의 주관적인 판단이 아니라 명확
하고 객관적인『사실』을 가지고 해야 한다는 뜻이야. 인격?
환경? 동기? 동정? ……그런 건 전부 잡음에 불과해. 판결
을 내리는 자는 언제나 흔들리지 않는 공정한 천칭이어야만
해. 그리고 그걸 실천으로 옮기는 게 바로 우리 같은 존재
지. 내 말이 틀려?"

"……그, 그건!"

"눈 뜨고 똑똑히 봐. 우리의 지금 이 꼬락서니를.【레이스
페스트】가 발병한 우리는 머지않아 죽겠지. 결과적으로 우
린 이 여자에게 살해당하는 거야. 그것이야말로 이 여자의
『죄』. 그리고 자의든 타의든 캐리어인 이 여자는 그저 존재
하는 것만으로도 앞으로 수많은 사람을 죽이겠지. 뿐만 아
니라 이 여자는【레이스페스트】제어 술식이라는 악마 같은
술식 개발의 공로자이기도 해. ……어때? 아무리 생각해도
완벽한 죄인이잖아? 이 여자는 심판을 받아야만 해. 설마

살의가 없으면 살인을 저질러도 괜찮다고 말하려는 건 아니겠지? 그런 건 말도 안 되잖아? 하하하. 정말 불쾌하기 짝이 없어. 이런 사악한 존재는 이 세상에 존재해선 안 돼."

그렇게 단언한 저티스가 손으로 얼굴을 가린 채 흐느껴 우는 네쥬를 향해 검을 휘두르려는 바로 그때였다.

"……무슨 생각이지? 글렌."

"……큭!"

글렌이 저티스에게 총을 겨누었다.

"네쥬한테서 떨어져……."

"……거 참. 설마 내 말을 이해하지 못한 거야?"

"닥쳐…… 네 융통성 없는 정의관은 집어치워! 우리는 기계가 아니라 인간이라고! 콜록! ……객관적인 『사실』만으로 판단할 수 있을 만큼 선악이라는 건 단순하지 않아! 하물며 만약 그녀에게 죄가 있다고 해도 그건 법으로 처리할 문제야! 그걸…… 네가 무슨 권리로……! 콜록! 쿨럭!"

"크크크…… 아하하하하하하하! 인간이 인간을 심판하는 사법에 진정한 정의가 있다고 말하고 싶은 거야? 글렌! 넌 아직 어린애구나? 아하하하하하하하하하하하!"

"너 역시 인간이면서……!"

"맞아. 인간이야. 하지만…… 나에겐 『자격』이 있어. …… 정의를 집행할 『자격』이. 뭐, 지금의 넌 이해하지 못하겠지만. 크크크……."

글렌은 이를 악물었고 저티스는 웃음을 터트렸다.

이 문제는 결국 평행선으로 끝나리라.

그렇다면 두 사람이 도달하게 될 결말은……

"……일단 말해두겠는데."

저티스도 마침 같은 예감을 받은 모양이었다.

"지금 너랑 내가 싸우면 네 승률은 1퍼센트…… 즉, 백 번 싸우면 99번은 네가 죽는 걸로 끝날 거야. ……난 그렇게 『예측』했어."

"……큭?!"

그 순간, 글렌은 긴장했다.

저 말은 결코 허세가 아니리라.

실제로 글렌도 저티스의 압도적인 힘을 목격했다. 항상 잔재주로 상황을 모면하는 자신 같은 삼류 마술사에게 승산은 거의 없었다.

하지만, 그래도─.

"……흐응?"

"……."

글렌은 물러서지 않았다. 엄연한 자신의 의지로 저티스에게 다시 총구를 겨냥했다.

"……싸우겠다고? 지금 내 정의에 거역하겠다는 거지?"

"닥쳐, 이 망할 자식아! 네쥬는 구할 거야! 구할 수 있는 인간을 앞에 두고 물러나는 선택지는 내 안에 존재하지 않는다고!"

"……이 여자는 【레이스페스트】 캐리어야. 그저 존재하기
만 해도 죽음을 흩뿌리는 무시무시한 사신이지. ……그런
여자를 대체 어떻게? 넌 방금 구하겠다고 말했지만…… 그
건 아무런 근거도 없는 고집 아니야?"

"……그건……!"

글렌은 피를 토하면서 망설이는 표정을 보였다.

하지만 그럼에도 물러설 수 없는 뭔가를 위해 포기할 수
는 없었다.

"……크크크. 과연."

그러자 갑자기 저티스가 숨죽여 웃기 시작했다.

"확실히…… 이건 시험해볼 가치가 있겠어. ……아하하
하하!"

"시험……이라고?"

그 영문을 알 수 없는 발언에 글렌은 미간을 찡그렸다.

"아, 미안 미안. 솔직히 말하면 이번 임무는 덤이었어. 내
진짜 목적은 바로 너야, 글렌 레이더스. 네가 살 가망이 없
는 이 여자를 정말로 구할 수 있을지…… 난 그걸 확인해보
고 싶었거든. 크크크……."

"……뭐?!"

"실은 이번에는 네쥬를 구하고 우리도 살 수 있는…… 그
런 해피 엔딩을 맞이하는 선택지가 존재해."

"뭐라고?!"

저티스는 글렌의 당황한 표정을 즐기며 뒷말을 이었다.

"주장병기【레이스페스트】…… 언뜻 완벽하게 보이는 이 흉악한 주법에는 사실 약점이 있어. 그건 바로【레이스페스트】캐리어…… 네쥬 자신이지."

저티스는 얼음처럼 차가운 눈으로 네쥬를 내려다보았다.

"이건 캐리어가 레이스페스트균을 뿌려서 주위에 감염시키는 병마야. 그 기본 구조는 제1세대 레이스페스트균이 제2세대 레이스페스트균을 생성해서 주위로 확산시키는 방식이지. 그리고 마술적으로 균을 제어하는 이상 당연히 안전장치도 설정되어 있어. ……제1세대 레이스페스트균이 사멸하면 제2세대 이후의 균도 연쇄적으로 자연 소멸하는 식으로."

"요컨대…… 네쥬가 죽거나, 네쥬에게 감염된 레이스페스트균을 퇴치하면 병기로서의【레이스페스트】그 자체를 완전히 없애버릴 수 있다는 거야?!"

"정답이야. 현재 시점에서 유일한 캐리어는 네쥬뿐…… 그런 그녀를 어떻게든 한다면 인류는【레이스페스트】의 공포에서 영원히 해방될 수 있겠지. 그래서 난 그녀를 죽이는 것이야말로 정의라고 생각하지만……."

"시끄러! 뜸들이지 말고 본론부터 말해! 다른 해결법이 있는 거잖아?!"

"그 말대로야. 이해가 빨라서 다행이군."

저티스는 과장스럽게 어깨를 으쓱였다.

"아하하! 화내지 말고 들어, 글렌. 실은 특효약이 있어."

"……뭐?"

그 말에 글렌은 입을 떡 벌릴 수밖에 없었다.

"응. 제파르는 【레이스페스트】를 치료할 특효약을 만들어 둔 상태였어. 심지어 백신까지도. 하긴 당연하겠지. 만에 하나라도 본인이 감염되면 죽을지도 모르니까."

"……."

"그 특효약을 처방하면 제1세대 레이스페스트균이 완전히 소멸해서 그녀는 더는 캐리어가 아니게 될 거야. 그리고 너와 나에게 감염된 균도 전부 사라지겠지. 어때? 완벽한 해피 엔딩이지?"

"이, 이 자식이 진짜……!"

너무나도 맥 빠지는 결말에 글렌은 분노를 터트릴 수밖에 없었다.

"그런 방법이 있으면 처음부터 말해! 괜히 쓸데없는 가정만 늘어놓지 말고!"

"하지만 이 방법에는 중대한 문제가 있어, 글렌."

하지만 저티스는 진심으로 유쾌한 얼굴을 하고 양팔을 활짝 폈다.

"이중에 뭐가 진짜 특효약일 거 같아?"

"……?!"

자세히 보니 저티스의 옆에 있는 받침대에는 대량의 앰플이 놓여 있었다.

　"제파르는 만약의 상황을 대비해서 특효약을 만들어두긴 했지만…… 그와 동시에 네쥬와 연구원들에게 배신당하지 않도록 더미도 마련해둔 모양이더라고."

　"아……."

　"제파르라면 이 중에서 진짜를 찾을 수 있겠지만…… 하하, 실수로 이미 죽여 버렸지 뭐야? 그래서 나도 어떤 게 진짜인지 모르는 상황이라고."

　저티스는 연기처럼 자조하듯 웃었다.

　"이 안에 진짜 특효약이 있는 건 확실해도…… 그 외에는 전부 맹독인 것 같아. 잘못 처방하면 네쥬는 틀림없이 죽겠지. ……으음, 난감하네. 이걸 어떻게 해야……."

　글렌은 그런 저티스를 무시하고 앰플의 수를 확인했다.

　딱 백 개.

　이 중에서 네쥬를 구할 수 있는 정답은 단 하나뿐이라고 한다.

　"자, 글렌. 슬슬 내 의도가 뭔지 알겠지?"

　저티스는 마치 악마처럼 웃으며 새파랗게 질린 글렌에게 담담한 목소리로 말했다.

　"넌……『백 번 싸워서 99번 지고 한 번 이기는 상대일지라도 그 한 번의 승리를 맨 처음 움켜잡는 남자』잖아? ……한 번 네 운을 시험해봐."

"……"

"이걸로 네 진가를 알 수 있겠지. ……솔직히 난 네 정의를 이해 못 하겠어. 불완전한 데다 꼴사납고 당장 파탄이 나도 이상하지 않은 주제에 항상 확률을 뛰어넘어서 승리를 쟁취하는 너란 존재를 난 도무지『예측』할 수가 없더군."

"……"

"그래서 난 한 번 고민해봤어. 그런 불완전한 상태로도 절대로 지지 않는 넌…… 어쩌면 인지를 뛰어넘는 어떤 초월적인 의지의 보호를 받는『선택받은 존재』가 아닐까 하는 생각이 들더군."

"……"

"네쥬는 네가 지금까지 구하지 못한 자들과 달라. ……이미 늦어버린, 구출 가능성이 제로였던 자들과는 달라. ……구할 수 있어. 지금 넌 네쥬를 구할 수 있는 위치에 서 있는 거야, 글렌. 만약 네가 정말로『선택받은 존재』라면…… 그 증거를 나에게 보여 봐. 네쥬를 구해보라고. ……그때 비로소 난 네 정체를 알게 되겠지. 난 줄곧 그걸 알고 싶었어."

저티스가 그렇게 단언한 순간이었다.

"……고작 그것 때문에……?"

글렌은 황당하다 못 해 어이가 없는 기분으로 말을 내뱉었다.

"응, 맞아.

"……큭! 제대로 돌았군! 넌 진짜 제정신이 아니라고! 저티스!"

글렌이 비난했지만 저티스는 역시 이번에도 개의치 않았다.

"하하하, 지금은 그런 걸 따지고 있을 때가 아니잖아? 글렌. ……쿨럭!"

저티스가 그렇게 말하며 피를 토하자 글렌도 마침 다리에 힘이 풀려서 바닥에 무릎을 꿇었다. 그리고 기침과 동시에 바닥에 피가 쏟아졌다.

"……일단 치사 단계까지 진행된【레이스페스트】를 얕보지 마. ……우리가 죽는 건 시간 문제라고. 사실 난 아직 죽을 생각이 없으니…… 네가 꾸물댄다면 처음 예정대로 이 손으로 네쥬를 죽여서 정의를 집행할 뿐이야. 크크크…… 까놓고 말해 그러는 편이 너도 죄책감을 느낄 필요가 없어서 좋지 않을까?"

"크윽~?!"

글렌은 거친 숨을 내뱉으며 다리에 힘을 주고 일어났다.

저티스를 상대하고 있을 여유 따윈 없었다.

그리고 받침대 앞으로 이동해 앰플들과 네쥬를 번갈아 보았다.

"……제길, 어느 거지?"

앰플에는 숫자가 적혀 있었지만 당연히 글렌으로선 무슨

뜻인지 알 수 없었다.

식별번호인지, 암호인지, 아니면 정말로 의미가 있는 숫자인지조차 알 수 없었다. 판단 재료가 없는 이상 숫자를 단서로 진짜를 찾는 건 불가능했다.

네쥬를 구하려면 말 그대로 정말 도박을 할 수밖에 없으리라.

"……모르겠어. ……전혀 모르겠다고! 진짜는 뭐야…… 대체 어떤 거냐고오오오오오오!"

몽롱한 의식 속에서 글렌이 그렇게 절규한 그때―.

"……글렌 씨."

네쥬가 모든 것을 체념한 목소리로 말을 걸었다.

"이젠 됐어요. 이제 됐으니까…… 당신이 괴로워하실 필요는 없어요."

"네, 네쥬……?"

"확실히 저티스 씨가 말씀하신 대로…… 전 큰 죄를 지은 죄인이에요. ……그저 살고 싶어서…… 이런 끔찍한 생물 병기의 개발에 도움을 주고 말았죠. ……그것이 어떤 결과를 초래할지 알면서도…… 줄곧 현실을 못 본 척하고 있었던…… 죽어 마땅한 인간이에요."

"그건……."

"이젠 됐어요. 이제 됐으니까…… 글렌 씨. 그 앰플을 아무거나 저에게……."

"······!"

"어차피 성공하든 실패하든······ 글렌 씨는 살 수 있어요. 상대가 글렌 씨라면 전 무엇이든, 어떤 결과든 받아들일 테니······ 이제 그만······."

"······."

네쥬의 비장한 각오 앞에서 글렌은 말없이 앰플이 놓인 받침대를 네쥬에게 밀고 앰플 중 하나를 손에 들었다.

앰플의 꼭지를 꺾고 내용물을 옆에 있던 주사기 안으로 빨아들인 후 살짝 끝을 눌러서 공기를 제거했다.

그리고 네쥬의 옆에 서서 그녀를 내려다보았다.

"······부탁할게요, 글렌 씨."

그러자 네쥬는 팔을 내밀더니 모든 것을 받아들인 표정으로 눈을 감았다.

저티스는 그 모습을 지켜보며 생각했다.

'자, 어서 해, 글렌. 얄팍한 정의에 사로잡힌 채 자기만족에 불과한 도박에 몸을 던져 봐! 네쥬에게 특효약을 시험하는 순간이 바로 네 정의가 가짜라는 걸 증명하는 순간이지!'

그리고 속으로 비웃었다.

'하하하, 성공할 리가 없잖아? 1퍼센트야. 절대로 성공할리 없어. 현실은 그렇게 녹록치 않아. 넌 결국 타인을 구하기 위해서가 아니라 자기 목숨이 아까워서 도박을 하는 거야. 어차피 네 정의라는 건 그 정도에 불과해. 어서 내가 신

경 쓸 가치도 없는 인간이라는 걸 보여달라고.'

하지만 만약 그 1퍼센트의 도박에 성공한다면.

지금 여기서 확률을 뛰어넘은 가능성을 보여준다면.

'그래, 그때는 인정할게. 넌 『선택받은 존재』라고. 내가 타도할 가치가 있는 정의의 소유자라고……!'

저티스는 기대감이 가득한 눈으로 글렌에게서 시선을 떼지 않았다.

'네가 정말로 백 번 싸워서 99번 지고 한 번 이기는 상대일지라도 그 한 번의 승리를 맨 처음 움켜잡는 인간인지를…… 나에게 보여줘! 글렌!'

"이봐, 저티스."

하지만 그 순간, 글렌은 주사기를 손에 든 채 저티스에게 말을 걸었다.

"왜?"

"일단 한 마디만 해둘게. ……엿이나 처먹어라, 짜샤."

"……응? 갑자기 그게 무슨……."

"누가 네 꿍꿍이대로 이딴 병신 같은 도박 따윌 할 것 같아?"

그리고 망설임 없이 앰플이 든 주사기의 바늘을 자신의 팔에 꽂았다.

"어……?"

"그, 글렌 씨?!"

글렌의 폭거에 저티스는 눈을 부릅떴고 네쥬는 비명을 질렀다.

"크, 흡?!"

다음 순간, 글렌은 성대하게 피를 토했다.

"우웨에에엑! 여, 역시……빗나……갔나……. 하긴 그렇게……
쉬울 리가 있겠어?! 콜록! 콜록! 크흡!"

그리고 연신 피를 토하면서 백마 【블러드 클리어런스】로
자신의 피를 정화했다.

"헉……! 헉……! 마술계통 독이라 살았군. 천연독이었다
면…… 위험했을지도."

간신히 독을 정화하긴 했지만 결과적으로 몸에 큰 무리가
갔는지 눈에 띄게 안색이 초췌해졌다.

"……지금 뭘 하는 거야, 글렌?"

저티스의 질문에 글렌은 입가에 묻은 피를 손등으로 닦으
며 대답했다.

"우린…… 독 저항 훈련을 받았어. ……그러니 네쥬라면 즉
사할 맹독이라도…… 몇 초쯤은 견딜 수 있어. 요컨대, 해독
주문을 쓸 틈이 있는 셈이지."

"난 지금 뭘 하는 거냐고 묻고 있는 거라고! 글렌!"

저티스가 처음으로 여유를 잃고 고함을 지르자 글렌도 그
에 질 새라 큰 목소리로 응수했다.

"시끄러! 그야 뻔하잖아! 지금부터 이 백 개의 앰플을 전
부 나한테 시험해볼 거다!"

"……?!"

"내 몸에 주사해서 증상이 호전되면 그게 바로 특효약이겠지! 네쥬를 확실하게 구할 방법은 이것밖에 없다고!"

이번에는 저티스가 아연실색한 얼굴을 했다.

"그, 그럴 수가……! 너무 무모해요! 그, 그만두세요! 글렌 씨!"

네쥬가 말렸지만, 글렌은 망설임 없이 두 번째 앰플을 자신에게 주사했다.

"으아아아아아아아아아아아아아악!"

대체 얼마나 고통스러운 건지 가늠할 수조차 없는 처절한 비명을 지른 글렌은 다시 해독 주문을 영창했다.

"헉……! 헉……! 크, 윽…… 다, 다음……."

글렌은 떨리는 손으로 세 번째 앰플을 집어 들었다.

네쥬가 울면서 말려도 전혀 개의치 않았다.

그러자 저티스는 애써 냉정을 가장하며 말했다.

"……넌 죽을 거야. 글렌."

"……시끄, 러워……."

"언뜻 봐도 그건 엄청난 맹독이야. 앞으로 두세 번만 더 시도하면 넌 틀림없이 죽어. 해독 주문을 쓸 틈도 없을 거야. 그 두세 번 사이에 당첨을 뽑을 확률은…… 역시 기대할 수 없을 정도로 한없이 낮아."

그러는 사이에도 글렌은 세 번째 앰플을 주사했고 곧 지하실 안에 글렌의 절규가 울려 퍼졌다.

"……쿨럭! 그래도…… 상관없어!"

이번에도 간신히 해독에 성공한 글렌은 겨우겨우 대답했다.

"어차피…… 난【정의의 마법사】가 될 수 없어! 나에겐…… 그런 힘 따윈 처음부터 없었다고!"

"……!"

"내가 할 수 있는 건…… 고민에 고민을 거듭하고…… 포기하지 않고 노력하면서…… 언젠가 완전히 마모돼서 망가질 때까지…… 조금이라도 높은 가능성에 걸고 계속 달리는 것밖에 없어! 내가 할 수 있는 건 고작 그것밖에 없다고!"

"……?!"

그 말을 들은 순간, 저티스는 눈을 크게 뜬 채 굳어버렸다.

그러는 사이에 글렌은 주사기 바늘을 네 번째 앰플에 꽂고 그 내용물을 빨아들였다.

"콜록! 빌어처먹을……! 이번에는 제발 성공 좀 해라아아아아아아아아아아아!"

"아, 안 돼애애애애애애애애애애애애!"

그리고 주사기의 바늘을 자신의 팔에 찌르려고 하는 글렌의 절규와 네쥬의 비명이 앙상블을 이뤘다.

그러나 다음 순간—

터억!

"……?!"

글렌은 눈을 크게 뜨고 굳어버릴 수밖에 없었다.

주사기가 팔에 꽂히기 직전에 멈춰버렸기 때문이다.

"……저티스…… 너?"

고개를 들자 다름 아닌 그 저티스가 글렌의 팔을 움켜잡고 있었다.

"……."

그는 잠시 감정이 느껴지지 않는 표정으로 침묵을 유지했다.

"크크크……."

하지만 이윽고 어깨를 떨더니—.

"아하하……하하하하……."

느닷없이 성대하게 웃음을 터트렸다.

"아하하하하하하하하하하하하하하하하하하하하!"

아연실색한 글렌과 네쥬 앞에서 저티스는 환희에 물든 얼굴로 말했다.

"훌륭해, 글렌! 한 방 먹었어! 이건, 이 전개는…… 『나도 예측하지 못했다고!』 아하하하하하하하하하하하! 아니, 설마하니 네 용기 있는 행동에 내 마음이 먼저 흔들릴 줄이야! 계산이 어긋난 것도 정도가 있지! 감동했어, 글렌! 내 정의와는 방향성이 다르지만, 넌 진짜야! 인정할게! 이번 승부는 네가 이겼어! 백 번 싸워서 99번 지고 한 번 이기는 상대일지라도 그 한 번의 승리를 맨 처음 움켜잡는 남자라…… 그래, 확실히 그 말대로였어! 아하하하하하하하하하하하하하하하하!"

그리고 한차례 실컷 웃고 만족한 저티스는—.

"……발동, 오리지널 【유스티아의 천칭】!"

어떤 마술을 발동했다.

"모든 것을 계산해서 내다보는…… 내 정의의 여신이여!"

그 순간, 저티스의 왼쪽 눈에서 막대한 양의 숫자가 마치 홍수처럼 흐르기 시작하며 그 눈을 통해 『보는』 세상의 모습이 변화했다.

세상 모든 것이 숫자와 수식으로 재구성된 것이다.

글렌과 네쥬의 모습뿐만 아니라 시야에 들어오는 모든 3차원적인 광경이 숫자와 수식들로 분해되더니 제정신으로는 직시할 수조차 없는 4차원적인 광경으로 변모했다.

이것이 바로 저티스의 오리지널 【유스티아의 천칭】.

세상의 모든 정보를 숫자와 수식으로 바꿔서 읽는 이 마술은 모든 물리량과 물질의 구조뿐만 아니라 인간의 생각까지 읽는 것이 가능했다.

다만, 이것은 술자가 저티스가 아니면 아무런 의미가 없는 마술이기도 했다. 어디까지나 그의 독자적인 탁월한 수비술로 정보를 처리한 덕분에 예지에 가까운 행동 예측과 분석이 가능한 것일 뿐, 다른 이들은 봐도 뭐가 뭔지 모를 뿐더러 그 정보들을 효과적으로 이용하는 건 더더욱 불가능하

기 때문이다. 그야말로 오직 그만을 위한 고유 마술인 셈이 ^{오리지널}
었다.

따라서 저티스에게 특효약을 찾는 것쯤은 사실 식은 죽 먹기나 다름없었다.

"훗…… 이거야, 글렌. 이게 특효약이야."

저티스는 받침대 위에서 앰플 하나를 슬쩍 들더니 그걸 글렌에게 던졌다.

"아깝네. 방금 네가 고른 것의 옆에 있는 거였어. 어쩌면 내가 도와주지 않았어도 너라면 자력으로 찾아냈을지도…… 아니, 지금이라면 믿을 수 있어. 너라면 분명…… 크크크."

앰플을 받은 글렌은 뭐라 형언할 수 없는 복잡한 얼굴로 그것과 저티스를 번갈아 쳐다보았다.

"음? 아직 의심하는 거야? ……방금 말했잖아? 승부는 네가 이겼다고. 진 주제에 이제 와서 꼴사납게 거짓말을 할 생각은 없어. 네 용기를 봐서 네쥬도 처단하지 않고 넘어가 줄게. 아마 오늘이 내 정의를 처음이자 마지막으로 타협한 날이 아닐까?"

"……."

"그리고 이번 일은 내가 진 빚으로 달아둘게. 그리고 이 빚은 언젠가 반드시 갚겠어. 그럼 이만."

일방적으로 떠든 저티스는 그대로 등을 돌려 떠나갔다.

그리고 서로의 몸이 교차한 순간, 글렌은 그를 쳐다보지도 않고 이렇게 물었다.

"……결국 넌 대체 뭘 하고 싶었던 거지?"

그러자 저티스는 걸음을 멈추더니 글렌과 마찬가지로 시선을 돌리지 않고 대답했다.

"훗, 너도 이젠 알잖아? 글렌. 너와 넌 절대로 섞일 수 없는 불구대천의 적이라는 사실을……."

"……."

"일단 지금은 같은 부서에 소속된 동료지만…… 언젠가 우리는 반드시 결별할 거야. ……서로가 믿는 정의 때문에."

"……."

"그리고 난 그런 너에 관해 자세히 알고 싶었던 것뿐."

글렌은 그런 저티스의 등을 날카롭게 노려보고 입을 열었다.

"네 목적이 뭔지는 전혀 모르겠다만…… 언젠가 내 앞을 막아서는 날이 온다면 그때는…… 반드시 내가 널 때려눕혀 주지. 명심해둬."

"훗. 그래, 알았어. ……아무쪼록 그날이 오길 기대할게, 글렌."

두 사람은 그렇게 선전포고나 다름없는 대화를 나눈 후 서로의 길을 향해 걸어갔다.

이렇게 해서 글렌과 저티스의 호위 임무는 막을 내렸다.

이번 사건으로 라일란드 법의학 연구소가 뒤에서 하늘의 지혜 연구회와 접촉을 시도했던 것뿐만 아니라 주장병기

【레이스페스트】라는 무시무시한 생물병기까지 비밀리에 연구했다는 사실까지 밝혀지자 제국 정부는 크게 당황했다.

연구소는 당연히 봉쇄. 색출된 관계자들도 남김없이 체포되었고 【레이스페스트】에 관한 연구는 그대로 완전히 어둠 속에 매장되었다.

당초에는 제파르의 딸 네쥬 디렉도 중요참고인으로서 군에 구속됐지만 자의로 관여한 게 아니라 어디까지나 친아버지인 제파르의 강요로 선택의 여지가 없었다는 점, 그리고 이미 특효약을 처방받아 레이스페스트균이 완전히 사라졌다는 사실이 확인되자 한동안 군의 감시를 받으며 평범한 일상을 보낼 수 있게 되었다. 참고로 현재 그녀는 진정한 의미에서 타인을 구하는 의사가 되기 위해 제국대학 진학을 목표로 공부를 시작했다고 한다.

그리고 글렌과 저티스는 이 끔찍한 병기를 미연에 막아낸 공로자로서 수많은 찬사를 받게 되었지만, 저티스는 『너무 잔혹하게』 일을 처리했다는 이유로 징계 처분도 받았다.

하지만 결국 군 상부는 이번에도 저티스를 군에서 추방할 수 없었다.

이젠 그들도 저티스 로우판은 군에서 엄격히 관리하고 감시해야 할 위험인물이라는 것을 깨달았기 때문이다.

아무튼 제국 전체를 뒤흔드는 대사건이 될 뻔한 이번 임무는 그렇게 조용히 막을 내렸다.

─그리고 제도의 모처(某處).

"뭐, 어디까지나 표면상으로는 그렇겠지. 안 그래? ……미겔 블래커."

이곳은 고급주택가에 있는 제국군 천기장 미겔 블래커의 저택이었고, 집 주인은 현재 입에 재갈을 물고 온몸이 사슬로 칭칭 감긴 채 어느 방바닥에 누워 있었다.

저티스는 그런 미겔을 내려다보며 차갑게 웃었다.

"실은…… 처음부터 알고 있었어. 네가 하늘의 지혜 연구회의 밀정이었다는 건. ……그리고 이번 사건의 뒤에서 제파르를 조종한 장본인이었다는 것도."

"으으으으으읍~! 으으으읍~!"

한편, 미겔은 눈물을 글썽이며 완전히 절망한 표정을 지었다.

이미 자신의 운명을 깨달은 것이리라.

"하지만 일부러 내버려두고 있었어. ……언젠가 조직의 꼬리를 잡을 때 도움이 될까 싶어서. 그런데 이번 일로 상황이 좀 바뀌었지 뭐야?"

저티스는 그런 미겔에게 마치 일상적인 대화를 나누는 것처럼 친근한 목소리로 계속 말을 걸었다.

"조직의 인간인 넌 글렌을 눈엣가시로 여기고 있었어. 그래서 요즘 언제 죽어도 이상하지 않을 무모한 임무들만 몰래 그에게 떠넘기고 있었지. 뭐, 설마 글렌이 너 같은 잔챙이의 모략에 당할 리는 없겠지만…… 그래도 만에 하나라는 게 있잖아?"

"으으으으읍~! 으읍~!"

"그 만에 하나라는 게 참 골치 아프단 말이지. ……아무튼 그를 타도해야 하는 건 다른 그 누구도 아닌 나여야 하니까. 게다가 난 이번 일로 글렌에게 빚을 졌어. 역시 빚은 빨리 갚는 편이 좋잖아? 그와 난 서로를 용납할 수 없는 관계지만, 역시 나도 자신의 모든 것을 걸고 싸워야 할 숙적에게는 최대한 진지해지고 싶거든. 이런 내 마음을 이해해주겠지? 미겔."

"으으으으으으으으으으으으으읍~?!"

"그래서."

저티스는 마치 오늘 저녁 메뉴를 읊는 것처럼 태연하게 말했다.

"……넌 이만 처분하기로 했어. ……아주 조~금 아깝긴 하지만, 뭐. 어쩔 수 없잖아? 이번에는 글렌에게 폐를 끼쳤으니까."

"으으으으으으으으읍~! 으으으으으으읍!"

"아무튼 뭐, 사정이 그렇게 됐으니…… 그럼 잘 자, 미겔."

그리고 저티스가 등을 돌리며 손가락을 튕기는 동시에―.

"으으으으으으으으으으으으으으으으읍~!"

미겔의 비통한 절규가 어두운 방 안에 울려 퍼졌다.

좌악!

─이윽고 뒤를 돌아보지 않은 그의 뒤에 남겨진 것은 한 생명의 처참한 말로뿐이었다.

…….

"자, 이걸로 빚은 갚았어. 글렌……."
저택을 나온 저티스는 유유자적하게 걸음을 옮기기 시작했다.
"이걸로 뒤에서 널 위협하던 방해꾼은 사라졌어. ……그럼 이제부터는 너와 내 정의 중 어느 쪽이 더 위인지…… 느긋하게 임무로 결판을 내보자고. 그리고 언젠가…… 크크크…… 아하하하하하하하하하하하하하!
황혼에 저무는 도시의 어딘가에서 환희의 웃음이 싸늘하게 울려 퍼졌다.

레이스페스트 확산 미수 사건의 여파가 어느 정도 수습된 어느 날, 제국군 상급장교 미겔 블래커가 아무런 전조도 없이 실종되었다.

다소 고지식한 경향이 있긴 해도 매우 유능하고 주위의 인망도 두터웠던 장교의 실종에 제국군은 총력을 기울여서 수색을 시도했으나, 결국 사건은 허무하게 미궁에 빠지고 말았다.

훗날 제국군 내에서는 이 사건에 관한 다양한 음모론이 발생하게 되지만 그 진상을 아는 자는 단 한 명뿐이었다.

■작가 후기

안녕하세요, 히츠지 타로입니다.

이번에는 단편집 『변변찮은 마술강사와 추상일지』 5권이 발매되었습니다.

드디어 5권! 만세!

편집자님 및 출판 관계자 여러분, 그리고 본편 『금기교전』을 지지해주신 독자 여러분 덕분입니다! 정말 감사합니다!

자, 그건 그렇고 이번에도 제가 혼신을 다해서 쓴 단편들이 실렸습니다! 아무쪼록 이 책을 읽고 조금이라도 웃을 수 있는 즐거운 시간을 보내주시길 바라겠습니다.

그럼 평소대로 이번에 수록된 단편들의 해설을 시작해볼까요?

○발발, 사랑의 천사 전쟁

루미아가 주연인 단편입니다. 개인적으로 참 골 때리는 전개였죠.

이런 바보 같은 이야기를 쓸 때 오웰은 정말 편리한 캐릭터입니다! 그야 무슨 짓을 저질러도 전부 『오웰이니까』로 대충 해결되니까요. 이번 단편뿐만 아니라 세리카와 오웰은 단편의 무대 장치 & 결말 담당으로 항상 잘 써먹고 있습니다.

○실장님의 우울

제국 궁정 마도사단 특무분실의 실장인 《마술사》 이브의 고생담입니다.

이 이야기가 드래곤 매거진에 실린 건 아마 본편 7권이 나온 뒤였을 겁니다. 엄선된 엘리트들로 구성된 특무분실의 실장이자 작중 최강의 마술사 중 하나로서 대대적으로 등장한 것치고는 활약을 전부 알베르트에게 뺏긴 데다 무능하고 한심한 모습만 보였던 이브.

원래 이브는 독자 여러분에게 미움받는 역을 맡게 될 예정이었습니다만, 돌이켜 보면 이 단편을 쓴 시점부터 제 생각이 바뀌게 된 게 아닐까 싶네요.

○고양이가 된 하얀 고양이

이야~ 고양이는 정말 귀엽죠.(?) 저도 고양이를 기르고 있습니다. 처음에는 뭐야! 이 더럽게 건방진 털 뭉치 크리처는! 이라는 인식이었는데 함께 지내는 사이에 점점 귀엽게 보이더라고요. ……건방진 건 여전하지만요.

이 단편은 그런 저희 집 고양이를 보면서 구상한 이야기였

습니다.(의미 불명)

○리엘 포획 대작전

리엘이 주연인 혼돈극입니다.

아무래도 리엘을 다루는 이야기는 루미아나 시스티나처럼 러브코미디로 전개되기 어렵다 보니 이런 시끌벅적하고 정신없는 내용이 되는 것 같습니다.(웃음)

사실 전 이런 전개를 쓰는 게 더 자신 있으니 문제없지만요!

그리고 이 단편의 가장 큰 피해자는 아마 하 뭐시기 선배일 겁니다.(합장)

○THE JUSTICE

뭐, 언젠가는 쓰려고 하다가 마침내 완성한 단편입니다.

글렌의 라이벌, 저티스 로우판이 주인공인 이야기죠.

이번에는 저티스가 특무분실 집행관 넘버 11《정의》였던 시절의 이야기입니다만 작가인 제가 이 녀석에 관해서 해야 할 말은 단 하나뿐입니다.

얜 대체 뭐지?

이야~ 아주 마음껏 날뛰어주셨네요. 저티스 군.

작가인 저조차 정말 무슨 생각을 하는지 모를 수수께끼의

캐릭터입니다.

아마 작중 멘탈갑은 이 녀석이겠죠. 설교계 주인공 백 명이 모여서 설교해도 꿈적도 안 할 것 같은 녀석이지만 아무튼 즐거워 보여서 다행이네요.(웃음)

글렌도 참 골치 아픈 녀석의 눈에 든 것 같습니다.(먼 눈)

하지만 글렌은 절대로 넘지 못하는 선을 아무렇지 않게, 아니, 오히려 댄스까지 추면서 희희낙락 넘어버리는 저티스를 쓰는 건 나름 즐거웠습니다.(웃음)

해설은 이상입니다.

이번에도 개인적으로는 전부 자신작들이니 즐겁게 읽어주시면 감사하겠습니다.

부디 앞으로도 잘 부탁드립니다!

히츠지 타로

■역자 후기

안녕하세요, 오랜만의 단편집. 재미있게 읽어주셨을까요?

개인적으로 이번 권에서 주목한 건 역시 단편집에 첫 등장한 이브였습니다. 본편에서는 나름 주가를 올리고 있고 꽤 인기도 있는 것 같으니 참 감개무량하네요. 첫 등장 때는 일러만 보고 마음에 들어 했다가 정작 작중에서의 취급을 보고 참 뭐라 형언할 수 없는 미묘한 기분이 들게 한 캐릭터였습니다. 하지만 이렇게 캐릭터들이 살아 숨 쉬면서 늘 변화하는 것도 이 시리즈의 즐거움 중 하나가 아닐까 싶습니다.

마지막으로 저티스의 단편은…… 역시 요즘 세계적인 그 문제가 떠오를 수밖에 없는 이야기였네요. 우리나라는 워낙 잘 대처하고 있는 편이라 체감이 잘 안 되시는 분들도 일부 계실지 모르겠습니다만, 해외에 정착한 지인들의 이야기를 들으면 정말 뒤숭숭한 기분도 들고 걱정도 많이 되더군요. 개인적으로도 저희 가족은 저를 포함해서 혹시라도 감염되면 위험한 가족력이 있다 보니 초기부터 신경질적으로 보일 만큼 꼼꼼하게 대처를 하고 있습니다. 그러나 슬슬 피곤하게 느껴지는 것도 사실이라 아무쪼록 한시라도 빨리 치료제가 나오길 기다리고 있습니다.

어쩐지 특무분실 과거편에 이어서 바로 쓰는 후기라 좀 우울한 느낌이 된 것 같습니다만, 그래도 본편은 밝고 신나는 이야기들로 가득하니 이번 권을 읽고 즐거우셨기를 바라며 이만 짧은 후기를 마치겠습니다.

Memory records of bastard
magic instructor

변변찮은 마술강사와 추상일지 5

1판 1쇄 발행 2020년 6월 10일
1판 2쇄 발행 2021년 1월 7일

지은이_ Taro Hitsuji
일러스트_ Kurone Mishima
옮긴이_ 최승원

발행인_ 신현호
편집부장_ 윤영천
편집진행_ 김기준 · 김승신 · 원현선 · 권세라 · 유재슬
편집디자인_ 양우연
관리 · 영업_ 김민원 · 조인희

펴낸곳_ (주)디앤씨미디어
등록_ 2002년 4월 25일 제20-260호
주소_ 서울시 구로구 디지털로 26길 111 JnK디지털타워 503호
전화_ 02-333-2513(대표)
팩시밀리_ 02-333-2514
이메일_ lnovelpiya@naver.com
ㄴ노벨 공식 카페_ http://cafe.naver.com/lnovel11

ROKUDENASHI MAJUTSUKOSHI TO MEMORY RECORDS Vol.5
ⒸTaro Hitsuji, Kurone Mishima 2019
First published in Japan in 2019 by KADOKAWA CORPORATION, Tokyo.
Korean translation rights arranged with KADOKAWA CORPORATION, Tokyo.

ISBN 979-11-278-5570-3 04830
ISBN 979-11-278-4161-4 (세트)

값 7,800원

*잘못된 책은 구매처에 문의하십시오.